TITAN

Collection dirigée par
Stéphanie Durand

De la même auteure chez Québec Amérique

Jeunesse

SÉRIE JULIE

Julie et les légendes, série regroupée, 2015.

Julie 10 – *Julie et la chasse-galerie*, coll. Bilbo, 2014.

Julie 9 – *Julie et Alexis le trotteur*, coll. Bilbo, 2013.
  • **Finaliste au Prix Tamarac Express 2015, Ontario Library Association.**

Julie 8 – *Julie et la bête dans la nuit*, coll. Bilbo, 2011.

Julie 7 – *Julie et la messe du revenant*, coll. Bilbo, 2009.

Julie 6 – *Julie et le feu follet*, coll. Bilbo, 2008.

Julie 5 – *Julie et la Dame blanche*, coll. Bilbo, 2006.

Julie 4 – *Julie et le Bonhomme Sept Heures*, coll. Bilbo, 2005.
  • **Finaliste au Prix des abonnés des bibliothèques de Québec 2006, catégorie roman jeunesse.**

Julie 3 – *Julie et la danse diabolique*, coll. Bilbo, 2004.

Julie 2 – *Julie et le serment de la Corriveau*, coll. Bilbo, 2003.
  • **Finaliste au Prix d'excellence de la culture, catégorie jeunesse, 2004.**

Julie 1 – *Julie et le visiteur de minuit*, coll. Bilbo, 2002.

Les Aveux, coll. Titan, 2015.

L'Univers de Marie-Soleil, Album, 2014.

Le Cri, coll. Titan, 2012.
  • **Finaliste au Prix Jeunesse des libraires 2013, catégorie Québec, 12-17 ans.**

Le Grand Vertige, coll. Titan, 2004, nouvelle édition, 2011.

Les Secrets du manoir, Titan, 2007.

SÉRIE MARIE-PIERRE

À fleur de peau, coll. Titan, 2001, nouvelle édition, 2010.

Un lourd silence, coll. Titan, 2010.
  • **Finaliste au Prix littéraire Ville de Québec et du Salon international du livre de Québec 2011, littérature jeunesse.**

LE
CRI

Projet dirigé par Stéphanie Durand, éditrice

Conception graphique : Nathalie Caron
Mise en pages : Karine Raymond
Révision linguistique : Diane-Monique Daviau et Chantale Landry
En couverture : © una.knipsolina / photocase.com

Québec Amérique
329, rue de la Commune Ouest, 3ᵉ étage
Montréal (Québec) H2Y 2E1
Téléphone : 514 499-3000, télécopieur : 514 499-3010

Nous reconnaissons l'aide financière du gouvernement du Canada par l'entremise du Fonds du livre du Canada pour nos activités d'édition.

Nous remercions le Conseil des arts du Canada de son soutien. L'an dernier, le Conseil a investi 157 millions de dollars pour mettre de l'art dans la vie des Canadiennes et des Canadiens de tout le pays.

Nous tenons également à remercier la SODEC pour son appui financier. Gouvernement du Québec – Programme de crédit d'impôt pour l'édition de livres – Gestion SODEC.

Catalogage avant publication de Bibliothèque et Archives nationales du Québec et Bibliothèque et Archives Canada

Latulippe, Martine
Le cri
(Titan ; 99)
ISBN 978-2-7644-2328-8 (Version imprimée)
ISBN 978-2-7644-2339-4 (PDF)
ISBN 978-2-7644-2340-0 (ePub)
I. Titre. II. Collection : Titan jeunesse ; 99.
PS8573.A781C74 2012   jC843'.54   C2012-942134-0
PS9573.A781C74 2012

Dépôt légal, Bibliothèque et Archives nationales du Québec, 2012
Dépôt légal, Bibliothèque et Archives du Canada, 20012

Réimpression : octobre 2015

Tous droits de traduction, de reproduction et d'adaptation réservés

© Éditions Québec Amérique inc., 2012.
quebec-amerique.com

Imprimé au Québec

MARTINE LATULIPPE

LE CRI

QuébecAmérique

Prologue

JUIN, TROISIÈME SECONDAIRE

Je n'aurais jamais cru que ça pouvait arriver. Dans la vraie vie, je veux dire. On lit des articles dans les journaux, on entend parler de drames, mais on pense que ça ne concerne que les autres.

Je vais dans une école secondaire comme toutes les autres écoles. Ni mieux, ni pire. Et mon groupe de troisième secondaire ressemble sûrement aussi à tous les autres. Je ne peux pas l'affirmer, c'est le seul que j'aie connu. Mais depuis quelques jours, mon groupe ne ressemble plus à rien. Mon école non plus. Tout s'est écroulé.

Perdue dans mes pensées, je regarde les bancs de l'église se remplir. Tout le monde y est, les élèves de l'école, les enseignants, les parents. Parce que l'inimaginable s'est produit. Ça n'arrive pas qu'aux autres, finalement.

On a quinze ans, l'impression d'avoir la vie devant soi, la certitude qu'on ne connaîtra jamais la douleur… et puis tout à coup… vlan ! Si quelqu'un m'avait dit au début de l'année qu'on ne finirait pas tous notre troisième secondaire vivants, je ne l'aurais pas cru. Je me serais probablement moqué de lui. Et pourtant…

La gorge serrée, je vois un cercueil porté par des hommes en complet noir s'avancer dans l'allée. Ma vue se brouille. On ne peut pas mourir à quinze ans… on n'a pas le droit. Surtout pas de cette manière-là !

Je ferme les yeux. Les claquements de pas résonnent dans l'allée. Ici et là, on sanglote. Évidemment, tout le monde est bouleversé, maintenant. J'aurais dû parler… J'aurais dû tout dire, il y a longtemps déjà. Je n'ai pas osé, et je n'ai aucune excuse.

Depuis que cela s'est produit, je ne peux plus me regarder dans le miroir. Comme si mes propres yeux me jugeaient. Je m'évite. J'ai peur de me retrouver isolée dans une pièce. Je frémis à l'idée d'être seule dans la maison. Comme si une silhouette accusatrice n'attendait que ce moment pour se dresser devant moi dès que je lèverai les yeux. Je redoute la solitude. J'ai peur de tout. Je ne parle de ça à personne. Même pas à Steve, à qui j'ai l'habitude de me confier. C'est avant qu'il aurait fallu parler.

Je ne mérite aucune compréhension, encore moins de la pitié.

J'ai longtemps pensé que j'étais une fille comme toutes les autres, sans rien du tout de particulier. Maintenant, je suis différente, je le sais. Je le serai toujours. J'ai une faute à porter. J'aurai toujours les épaules plus lourdes, voûtées sous le poids de ce silence que j'ai eu peur de rompre.

Quel cauchemar! L'arrivée à l'église, serrer les mains des proches, bredouiller maladroitement des condoléances qui restent coincées dans ma gorge… Le prêtre qui nous accueillait parlait d'une voix posée, qui se voulait rassurante. Moi, j'avais envie de hurler. Tout ça aurait pu être évité.

Je ne veux pas y repenser, je veux oublier, tout oublier. Mais ça n'arrivera jamais. Je ne suis pas morte, moi, mais je devrai apprendre à accepter d'être encore vivante. Je ferme les yeux. Les images se bousculent. Depuis le début, ou presque. Avec un soupir résigné, je les laisse venir. Je me rejoue la terrible scène une millième fois. Cette scène qui s'est passée trois ans après notre entrée dans cette école secondaire. Tout a éclaté après trois années, mais c'est dès le début du secondaire que les pions ont commencé à se mettre en place… Je nous revois, le premier jour, tous un peu nerveux… Je n'y échapperai pas.

Je rouvre les yeux. Juste à côté de moi, dans l'allée, le cercueil que l'on continue lentement de porter vers l'avant. Je détourne le regard. Je fuis. Je retourne vers le passé, que je ne peux pas changer. Si au moins j'arrivais à le comprendre, ce passé, si j'arrivais à me pardonner… Mais je rêve. Ça n'arrivera jamais.

Chapitre 1

Ça y est, la première journée est terminée ! Je rentre chez moi en poussant un soupir de soulagement. J'ai passé l'été à attendre cette rentrée, à l'imaginer, la redouter un peu aussi, il faut bien l'avouer. Passer du primaire à La Ruche, l'école secondaire de mon quartier, c'est tout un événement !

En plus, je ne connais presque personne à ma nouvelle école. Les filles avec qui je me tenais sont toutes parties vers des institutions privées ou des écoles publiques avec concentration sport, plus loin de chez moi. Quelques élèves de mon ancienne classe sont aussi à La Ruche, bien sûr, comme Amélie et Sarah, mais je ne les ai jamais vraiment fréquentées au primaire. Après avoir joué les «grandes» tout au long de la sixième année, fière d'être parmi les plus vieux de l'école, j'ai l'impression que c'est un retour à la case départ. Les élèves des autres années me regardaient comme si j'étais un bébé, aujourd'hui, mais tout s'est assez bien déroulé dans l'ensemble.

La première personne que je vois en arrivant chez moi est Steve, le frère de ma mère. Je bondis vers lui et l'embrasse sur la joue.

— Je veux tout savoir, dit mon oncle. Allez. Raconte.

J'éclate de rire et vais m'installer au salon. Steve me suit, dans son fauteuil roulant. Steve est un athlète; il était un patineur de vitesse vraiment bon, paraît-il, il faisait de la compétition et se classait toujours parmi les meilleurs. Mais à l'âge de vingt-deux ans, un bête accident l'a laissé handicapé. Il faisait du vélo et un homme a perdu le contrôle de sa voiture, qui a dérapé vers l'accotement et heurté Steve de plein fouet. Sa vie venait de basculer. Je l'ai toujours connu en fauteuil roulant. Il ne marchera plus jamais.

Pourtant, d'aussi loin que je me souvienne, je ne l'ai pas entendu se plaindre une seule fois... et je le fréquente souvent! Après avoir perdu l'usage de ses jambes, mon oncle a passé des heures à s'entraîner et il est devenu un des meilleurs joueurs de sa ligue de basket en fauteuil roulant. Nous avons une tradition, lui et moi : depuis que je suis toute petite, je lui raconte ma vie. On peut passer des heures à discuter. Je lui rapporte ce qui se passe à l'école, les gens qui m'entourent... Steve dit toujours que je représente sa télésérie préférée : *La vie d'Alexia*! Il suit chaque petit événement de mon existence comme un nouvel épisode. Je suis pourtant loin d'avoir une vie palpitante, mais j'adore raconter!

Ma mère se joint à nous. Curieuse, elle demande :

— Alors, Alex, c'était comment, ta première journée?

— Pas mal du tout! Je ne me suis pas perdue dans l'école, je suis arrivée à temps à tous mes cours, j'ai trouvé la cafétéria ce midi et j'ai donc pu dîner!

Steve fait mine d'applaudir. Maman continue :

— Tu connais des gens dans ton groupe?

— Pas vraiment... Mais on peut se faire une idée assez vite. Une seule journée et je sais déjà que la première de classe s'appelle Alice. Toujours la main levée, toujours la bonne réponse à toutes les questions. La fille populaire, la reine de La Ruche, pour notre classe en tout cas, c'est Sabrina. Tout le monde l'appelle Sab. Blonde, belle, elle ressemble aux *chearleaders* des films américains. Les gars passent leur temps à l'admirer. Mais je sais déjà avec lequel elle va sortir : Gabriel, surnommé Gab. Il est plus grand et plus fort que tous les autres, il semble destiné à être champion de l'équipe de football. Ils sont faits pour aller ensemble, c'est clair. Sab et Gab, ça ne s'invente pas.

Steve éclate de rire.

— Yeah ! De nouveaux personnages dans *La vie d'Alexia* ! Tu sais quoi, Alex ? Tu devrais écrire des livres ! J'ai l'impression d'y être. Allez, qui d'autre ?

— Oh, plusieurs autres. J'étais sûre que tu me le demanderais, j'ai fait des efforts pour retenir les noms pour ton feuilleton préféré ! Alors, dans *La vie d'Alexia*, il y a aussi maintenant un certain Étienne Blouin, toujours en train de blaguer. Antoine, plutôt intéressant et qui… euh… bon, qui est assez mignon… Amélie et Sarah, deux filles qui allaient à la même école primaire que moi, gentilles mais que je ne connais pas beaucoup… et puis moi. Alexia. La fille ordinaire, celle qu'on ne remarque pas trop.

— Franchement, Alex, tu te sous-estimes, proteste ma mère. Et Maude, elle n'est pas dans ta classe ?

— Ah oui, Maude, c'est vrai, j'allais l'oublier…

Ma mère fronce les sourcils. Maude est notre deuxième voisine. Une fille qui est… comment dire ? Un peu différente. Elle ne parle pas beaucoup, elle semble vivre le plus souvent dans son monde intérieur. Elle est intelligente, assez sympathique, même, mais elle n'a rien à faire de son image et, malheureusement, elle n'est pas très jolie non plus… Bref, elle est toujours mise à l'écart des autres. L'école où nous avons fait notre primaire n'est pas grande, tout le monde connaissait Maude, mais personne ne s'est jamais tenu avec elle. On ne lui faisait pas d'histoires non plus. Toutefois, elle était seule la plupart du temps.

Comme elle habite près de chez moi, que nos parents se connaissent bien et que nos mères travaillent ensemble, mon père et ma mère m'ont toujours poussée à la fréquenter. Ils l'ont toujours considérée comme mon amie. Être amie avec Maude, ce serait aussi ne plus être admise dans les autres gangs de l'école. Maude en est consciente, je crois. On se voyait de temps à autre en dehors de l'école toutes les deux, on faisait souvent la route ensemble le matin et sur le chemin du retour, mais pas question de se mettre en équipe en classe ou de parler de nos rencontres. Je ne suis pas LA fille populaire, mais je me suis toujours tenue avec les filles les plus cool quand même. Ma mère insiste :

— Elle est dans ta classe ? Tu lui as parlé, j'espère ?

Je soupire. Maman veut toujours faire de moi une sorte de superhéroïne qui s'occupe de tout le monde, qui rêve de justice et d'amour universel. Elle ne comprend pas que nous ne sommes pas tous comme elle. Je grommelle :

— Oui, elle est dans ma classe.

Je n'ajoute rien et un silence un peu inconfortable s'installe. Steve le rompt en demandant à sa sœur :

— Daniel vient souper ce soir ?

— Oui, il ne devrait pas tarder.

Mon oncle sourit malicieusement :

— Quels seront ses premiers mots, tu penses, Alex ?

Je prends une grosse voix pour répondre :

— J'ai eu une journée de fou !

Au même moment, mon père ouvre la porte. Ma mère le salue :

— Ça s'est bien passé au bureau, Daniel ?

— Pas mal, Annie, merci… mais j'ai eu une grosse journée. Je te jure, une vraie journée de fou !

Steve, ma mère et moi, nous éclatons de rire sous l'œil interrogateur de mon père.

Nous nous préparons à souper. Je suis contente. Ma première journée est passée. Le pire est fait. Je me connais, je m'intégrerai à ce nouveau monde tout doucement, discrètement, à ma façon. Me voilà au secondaire.

Chapitre 2

Depuis le temps, la nervosité a passé un peu, mais la rentrée reste toujours excitante. C'est déjà la troisième que je vis à La Ruche puisque j'entreprends aujourd'hui ma troisième année du secondaire. Tout le monde a vieilli depuis ma première journée dans cette école, évidemment, mais les choses n'ont pas trop changé.

Je me suis formé avec le temps un groupe d'amis assez sympathique : Amélie, Sarah, Félicia, Pierre-Luc… Je ne renonce pas pour autant à l'idée de me tenir un jour avec LA gang de notre année, ceux vers qui tous les regards se tournent toujours. On y retrouve Gabriel, dit Gab, qui sort avec Sabrina, dite Sab, depuis des mois. C'était prévisible. Autour d'eux gravitent les plus populaires des troisièmes secondaires : Josiane, Mélissa, Antoine, Zack, Blou – surnom d'Étienne Blouin – et, de temps à autre, moi-même. J'ai toujours été dans les parages. Pas entièrement un membre de leur gang, mais assez proche pour m'asseoir avec eux de temps en temps le midi, pour aller leur parler entre les cours aussi. Vers la fin de l'année dernière, la plupart des élèves qui forment ce groupe ont commencé à m'appeler Alex au lieu d'Alexia. C'était une grande victoire pour moi ! Pendant la moitié de notre première année de secondaire, ils ne savaient même pas que j'existais… Je les admire, je voudrais tant faire partie de leur cercle. Pour de vrai. Et je sens que c'est possible, de plus en plus.

Pour le reste, la situation à l'école n'a pas changé beaucoup non plus. Alice est toujours première de classe, Maude est toujours la fille mise à l'écart. Elle ne s'aide pas beaucoup, il faut dire. Elle vient à La Ruche habillée n'importe comment. Peu importe les marques à la mode, elle porte les mêmes vieux t-shirts usés. Je me suis assez tenue avec elle au primaire pour savoir qu'elle est propre et se lave régulièrement, mais la façon dont elle arrange (ou n'arrange pas, plutôt !) ses cheveux donne l'impression qu'elle ne les lave jamais. Ils sont noirs, raides, mi-longs, jamais coiffés et toujours vaguement luisants.

Dans la gang, tous l'appellent «Cheveux gras», ou encore «La Chèvre». Quand elle est nerveuse, lors d'exposés oraux, par exemple, Maude se met à bégayer. Elle est toujours toute seule à l'école, peu habituée à ce qu'on lui parle. Quand quelqu'un lui adresse la parole, elle devient stressée, donne l'impression de se recroqueviller un peu sur elle-même et sa voix commence à trembloter. Comme un léger chevrotement, ce qui lui a valu ce surnom, La Chèvre. Je n'embarque pas dans le jeu des surnoms, je ne parle pas contre elle, mais il ne me viendrait pas non plus à l'idée de prendre sa défense. Ça se joue entre la gang et elle, ça ne me concerne pas.

Antoine et Blou arrivent dans la salle des troisièmes secondaires, les bras chargés de livres et de cahiers.

— Hé, Alex! Tu as passé un bel été?

Un petit frisson me parcourt le dos. J'ai toujours trouvé Antoine mignon. C'est aussi le plus sympathique du groupe. J'aime tout de lui, surtout la façon dont il dit *Alex*… Avant que j'aie pu répondre, Blou lance joyeusement:

— Je me suis tellement ennuyé de notre directeur! Vous comprenez, je suis habitué de le voir souvent pendant l'année… Je comptais les jours sur le calendrier avant la rentrée!

Jamais moyen d'être sérieux avec Blou! Il est toujours en train de blaguer.

— Lui aussi, il m'aime à la folie, continue Étienne Blouin. Il m'a même fait venir avec mes parents pour une petite rencontre avant le début de l'année. Il dit que c'était pour que les choses soient claires avant qu'on commence, que je sache que c'est ma dernière chance de me mettre au travail sérieusement, mais entre vous et moi, je sais que c'est juste parce qu'il ne supportait plus de ne pas me voir !

Gab surgit derrière Blou et cogne légèrement son poing sur son épaule. Gab est la « star » de troisième secondaire ; la moitié des filles de l'école rêve à lui, même certaines des finissantes. Il est beau comme un acteur, les épaules carrées, le sourire parfait… Mais depuis notre première année à La Ruche, son cœur est pris, c'était facile à prévoir, par l'autre vedette de troisième secondaire… Sabrina. Elle se tient justement à ses côtés ce matin, plus éclatante que jamais pour la rentrée. Elle s'est fait faire des mèches, son dégradé est impeccable, ses cheveux longs et bien plats sont si blonds qu'ils semblent briller, et son bronzage est parfait. Je ne l'ai jamais vue aussi belle.

— De quoi tu te vantes encore, Blou ? lance Gabriel. On entend juste toi parler dans toute la salle !

On discute un moment de ce qu'on a fait pendant l'été, puis vient le temps de regagner nos salles de cours. Cette année, nous ne sommes pas tous dans la même classe. Gab et Mélissa sont dans le 3-B, Blou est seul dans le 3-C. On a dû vouloir l'éloigner de son groupe d'amis pour qu'il se calme un peu… Je doute que quoi que ce soit puisse obliger Blou à se faire plus discret ! Je suis dans le 3-A, et j'apprends avec plaisir que Sab, Zack et surtout Antoine sont aussi dans ce groupe. Avant que nous partions chacun vers notre classe, Sab lance de son ton autoritaire habituel :

— Vous avez bien fait ce qu'on avait prévu pour la rentrée ?

La cour de Sa Majesté fait signe que oui. Tous rigolent. Évidemment, ils ont continué à se voir pendant les vacances… Aucun d'entre eux ne m'a écrit ou appelée pendant l'été. Mon cœur se serre un peu. Je ne suis pas vraiment des leurs. Je demande :

— Vous avez fait quoi ?

C'est Sabrina qui répond, les yeux brillants d'une lueur moqueuse :

— Va voir sur Facebook, quand tu auras deux minutes. Les vacances sont finies. On trouvait important de souhaiter un bon retour à l'école à notre amie La Chèvre…

Chapitre 3

Fidèle à mon habitude, au réveil, je vais voir si j'ai de nouveaux courriels et je fais une visite rapide sur Facebook. C'est à ce moment que les paroles de Sabrina me reviennent en tête... Depuis que je me tiens un peu plus avec la gang de Sab, je constate qu'ils sont plutôt moqueurs... Ils prennent souvent plaisir à se payer la tête des gens autour d'eux. Ce n'est pas vraiment dans mes habitudes, mais j'imagine que quand on est aussi populaires qu'eux, on a droit à certains privilèges... dont celui de se sentir un peu au-dessus de la masse !

Hier, la première journée de cours a passé en un clin d'œil et je n'ai plus repensé à leur mystérieux projet. De retour à la maison, mon père étant retenu au bureau, ma mère m'a proposé de souper en vitesse pour aller voir une partie de basket de mon oncle. J'aime bien regarder Steve jouer : il est vraiment habile et je n'ai que rarement l'occasion d'assister à ses matchs, puisque mes soirées sont souvent prises par mes propres entraînements et matchs de basket. Je n'avais pas encore de devoirs ni de leçons, ma saison de basket n'est pas encore commencée à l'école et je n'avais aucun projet particulier non plus pour la soirée, j'ai donc accepté la proposition de ma mère. La partie était assez serrée, Steve était tout content de nous y voir, on a discuté un bon moment avec lui après le match et, de retour à la maison, cette histoire de plan prévu pour la rentrée m'est complètement sortie de l'esprit.

Mais en ouvrant ma page Facebook, ce matin, je repense aux mots de Sabrina : « On trouvait important de souhaiter un bon retour à l'école à notre amie La Chèvre… » Qu'est-ce qu'ils peuvent bien avoir fait ? Je vais sur la page Facebook de Maude. Je ne fais pas partie de ses amis virtuels, elle en a très peu, mais sa page est accessible à tous. Son mur est couvert de messages, ce qui me semble inusité. Les rares fois où je suis allée voir son profil, il n'y avait aucune activité. Le premier message que je vois est de Gab : « Bonne rentré ! » Je le reconnais bien là… Beau comme un cœur, mais incapable de ne pas faire de faute en écrivant deux mots !

Sous son message, une photo de chèvre. Je découvre ensuite un envoi de Sab, qui contient aussi une photo : un gros plan d'une chèvre pas très jolie... Elle a écrit : « Yeah ! L'école recommence ! » Blou, Mélissa, Josiane et Zack ont tous fait la même chose. Le mur est recouvert de photos de chèvres... Les publications ne sont pas spécialement méchantes, tous lui souhaitent une bonne rentrée, mais pour qui sait lire entre les lignes, le message est clair : retour en enfer pour Maude cette année encore. Ça se veut insignifiant, quelqu'un qui ne connaît pas son surnom s'interrogera peut-être sur ces photos de chèvres, mais rien de plus. La gang est habile. Difficile de l'accuser de quoi que ce soit, et pourtant c'est comme une claque en plein visage pour Maude.

Depuis son arrivée à La Ruche, les choses ne sont pas faciles pour elle, je crois. Même si je ne lui en parle pas directement. Pour être honnête, je tente de l'éviter le plus possible afin de ne pas me retrouver dans le même bateau ! Je pousse un long soupir. Je ne comprends pas pourquoi ils s'acharnent tant sur elle. Maude ne ferait pas de mal à une mouche. Ce n'est pas non plus une fille stupide. Elle est juste un peu différente, pas très soucieuse de son apparence ou de ce qui est à la mode ou non. Je me demande si je ne devrais pas leur en glisser un mot. En même temps, j'ai beau faire partie de leur entourage, je ne me sens pas encore vraiment à l'aise avec les gens de la gang. Je gravite autour, mais le plus souvent, je tente de rester discrète. Je ne peux m'empêcher de remarquer avec satisfaction qu'Antoine n'a rien écrit sur le mur de Maude.

Je déjeune en vitesse et prends l'autobus qui me conduit chaque matin à l'école. Maude prend le même bus, évidemment, mais elle l'attend assise sur les marches du perron de sa maison. Quand l'autobus tourne le coin de la rue, elle vient me rejoindre et monte s'asseoir, toujours à la même place, toujours seule. On se sourit parfois, mais on ne se parle jamais. En la voyant se caler dans son siège ce matin, je ne peux me sortir de la tête les images envoyées sur Facebook. J'essaie d'imaginer comment Maude doit se sentir : déjà, elle passe ses journées seule à La Ruche, et quand elle arrive chez elle, où elle devrait avoir droit à un peu de tranquillité, on inonde sa page de courriels moqueurs. Je n'aime pas ça.

Une fois à l'école, je rejoins Josiane et Zack, qui arrivaient au même moment. Nous jasons quelques minutes. Évidemment, je n'ose pas aborder le sujet des photos de chèvres. Pourtant, Maude ne quitte pas mon esprit. J'ai du mal à me concentrer sur la discussion. J'aimerais bien pouvoir l'aider. Mais je ne sais pas trop comment m'y prendre ; je risquerais de devenir exclue à mon tour… Je quitte Josiane et Zack pour aller à mon casier et, en entrant dans la salle des troisièmes secondaires, Maude est justement la première personne que j'aperçois. Assise à une table, seule comme toujours, elle lève la tête quand je passe devant elle. Elle a les traits tirés. Spontanément, je lui adresse un petit sourire amical. Elle me rend un sourire las. Je continue mon chemin sans ralentir. Je ne saurais pas quoi lui dire. Et je n'ai pas envie d'être vue avec elle. Dès que j'arrive à ma case, Mélissa et Antoine m'y rejoignent.

Mélissa me jette un regard sévère.

— Tu la connais ?

— Qui ?

— La Chèvre. Je t'ai vue, tu lui as souri.

Son ton brusque me déstabilise. Sans réfléchir, je me dépêche de nier :

— Non, pas vraiment. Elle habite pas loin de chez nous, mais c'est tout.

Envolées, mes belles idées de défendre Maude ! Antoine tente de détendre l'atmosphère :

— Du calme, Mélissa ! Aucune loi n'interdit de sourire ! On ne va pas faire un procès à Alexia pour ça !

Mélissa ne le regarde même pas. Elle paraît plus ou moins convaincue par ma réponse évasive. Elle me lance un autre coup d'œil froid et s'éloigne.

J'hésite un moment. Antoine est celui avec qui je m'entends le mieux dans la gang et il me semble qu'il passe moins de temps à s'acharner sur le dos des autres. J'ose lui demander :

— Elle vous a déjà fait quelque chose, Maude ? Tu sais pourquoi toute la gang lui en veut autant ?

Il hausse les épaules.

— Aucune idée. C'est toujours comme ça, non ? Dans toutes les écoles, il y en a quelques-uns qui sont à part… On ne sait pas trop pourquoi.

— Mais tu n'as pas mis de photo de chèvre sur son mur Facebook, toi, Antoine ? Les autres l'ont tous fait.

Il semble embarrassé.

— Bof… je me suis dit qu'elle en avait déjà assez… Et puis, je ne vais pas souvent sur Facebook.

Il sourit. Je fais partie de ses amis virtuels, et je sais qu'il va sur Facebook tous les jours. Je suis soulagée. Je ne me trompais pas sur Antoine. Il est populaire, oui, mais différent. Moins venimeux. Je réponds à son sourire en cherchant un moyen de continuer cette conversation, mais Sabrina surgit près de nous, toute joyeuse :

— Hé, salut vous deux ! J'organise un *party* chez moi samedi soir. Ça vous tente de venir ?

Elle nous regarde à tour de rôle, Antoine et moi. Je n'en reviens pas ! Elle s'adresse à moi aussi ! C'est la première fois que je suis invitée à participer à une de leurs activités en dehors de l'école. Antoine répond qu'il y sera. J'essaie de ne pas trop montrer à quel point je suis folle de joie en disant simplement :

— Oui, je vais passer faire un tour.

Comme si c'était tout à fait normal qu'elle m'invite. J'ai réussi à maîtriser ma voix, mais à l'intérieur, je hurle de bonheur ! J'y suis ! Je fais vraiment partie du groupe ! J'en oublie aussitôt les problèmes de Maude. Après tout, quelques photos sur un mur Facebook, ce n'est pas non plus la fin du monde. Je n'y repense pas de la journée, bien trop excitée à l'idée du *party*. Qu'est-ce que je vais porter ? Qui sera là ? Sabrina est tellement populaire dans l'école qu'elle a même quelques amis en quatrième et cinquième secondaires... Seront-ils eux aussi à la fête ? Comment ça se passera ? J'y pense au dîner, dans les cours, dans l'autobus sur le chemin du retour. Je ne songe qu'à ça, tout le temps. Je suis invitée à un *party* de la gang. Je fais moi aussi partie de la cour de la reine de La Ruche !

Chapitre 4

Quand j'entre chez moi, je suis toujours sur mon petit nuage : je suis invitée chez Sabrina ! Comme les autres ! Ça m'aura pris du temps, mais je fais maintenant officiellement partie de la gang des populaires de troisième secondaire ! J'ai un petit serrement au cœur en pensant à Amélie et Sarah, avec qui j'avais déjà planifié une sortie samedi et que j'ai tendance à négliger de plus en plus ces derniers temps, mais je les chasse vite de mon esprit. De toute ma vie, je ne me souviens pas de m'être sentie si importante. J'ai hâte de raconter ce nouvel épisode de *La vie d'Alexia* à Steve !

Quelques minutes après mon arrivée, c'est au tour de ma mère de pousser la porte. Elle rentre souvent du travail à l'heure où je reviens de l'école. Je ne peux plus attendre. Dès qu'elle a le bout du gros orteil dans la maison, je lui annonce :

— J'ai un *party* samedi !

— Ah oui ? Où ça ? Chez Amélie ?

Je déclare d'un ton triomphant :

— Non, chez Sab !

— Sab, hum ?... C'est la reine de La Ruche, comme tu l'appelles ?

— OUI ! Et elle m'invite chez elle, tu te rends compte ! Avec tous les autres !

J'ai presque envie de sauter au cou de ma mère et de me mettre à danser tellement je suis contente. Toutefois, Annie me fait vite redescendre de mon petit nuage pour me ramener les pieds sur terre...

— Tes amis habituels y seront aussi ? Amélie, Félicia, Sarah, Pierre-Luc ?

— Non, personne. Je suis la seule que Sab a invitée.

— Je ne crois pas que ce soit une bonne idée, Alex.

Je dois être dans un cauchemar, c'est la seule explication. Je vais me réveiller d'un instant à l'autre... Je suis allée à des *partys* à quelques reprises au cours des dernières années et mes parents ne m'en ont jamais empêchée. Pourquoi serait-ce différent ?

— Pas une bonne idée ? Je rêve depuis trois ans de faire partie de cette gang-là, ils finissent

par m'accepter, par m'inviter à une de leurs soirées, et tu trouves que ce ne serait pas une
bonne idée d'y aller ?

— J'ai dîné avec la mère de Maude, au travail, ce midi, dit simplement ma mère.

Je grogne :

— Nous y voilà…

— Si j'ai bien compris, cette Sabrina et son
groupe d'amis mènent la vie dure à Maude.

J'essaie de les défendre un peu, mollement.
Difficile de nier ça…

— Ils veulent juste la taquiner, maman !

Elle insiste :

— As-tu des amis qui te taquinent de cette
façon-là, Alex ?

Je ne réponds pas. Intérieurement, je commence à bouillir.

— Je n'en sais pas beaucoup, Maude ne parle
presque pas de l'école, mais sa mère a vu que quelque chose n'allait pas à cause de sa page Facebook. Elle est inquiète pour Maude… Et elle
semblait dire que le groupe de Sabrina était
derrière ça. C'est avec eux que tu rêves de te
tenir ?

— Tu ne comprends pas…

— Au contraire, je comprends très bien. Et
je préfère que tu n'y ailles pas.

Comment peut-elle me refuser ça ? Je suis tellement en colère que je ne peux me retenir plus longtemps. Je me mets à hurler :

— C'est quoi, ton problème ? Tu étais rejet à l'école, c'est ça ? Tu n'as jamais été populaire et tu essaies de démolir ce que *moi*, j'ai réussi à construire ? Je ne te laisserai pas faire !

Sans lui laisser le temps de répondre, je claque la porte de toutes mes forces. Je m'élance dans la rue d'un pas décidé. À deux maisons de la mienne, Maude est chez elle, sur le terrain, en train de jouer au ballon avec sa petite sœur. Elle doit remarquer mon air bouleversé car, même si on s'adresse peu la parole en général, cette fois elle me demande :

— Ça va, Alexia ?

Elle s'inquiète pour moi ! Ça me met encore plus en colère, si la chose est possible... Qu'elle commence par s'occuper de ses propres problèmes ! En plus, tout ça est sa faute ! Je ne peux pas aller à une soirée à laquelle je rêve parce que mademoiselle se plaint... Je lui lance un regard furieux, je ne réponds pas et je me mets à courir.

Comme toujours, quand je vis de grandes émotions, mes pas me conduisent chez mon confident, mon oncle Steve, à quelques rues de chez moi. Je frappe et j'entre aussitôt. Steve est au téléphone. Il me fait signe d'attendre une petite minute. Je vais m'installer au salon, je feuillette le journal d'une main brusque, je pousse de longs soupirs. J'ai besoin de lui parler. Maintenant.

Mon oncle vient enfin me rejoindre après un moment qui m'a paru interminable. Je demande d'un ton impatient :

— Un appel important ?

Il répond d'un ton très calme :

— Hum-hum. Je fais partie d'un groupe de soutien pour les gens qui voient leur condition physique changer rapidement, après un accident ou une maladie grave, par exemple. Ce n'est pas facile quand on devient handicapé d'accepter son état, j'en sais quelque chose…

Je ne peux m'empêcher de me sentir coupable d'avoir laissé filtrer mon impatience. Steve parle rarement de son handicap, ça paraît maintenant tout naturel et ça fait partie de sa vie, mais j'imagine que les choses n'ont pas toujours été faciles, en effet. Il continue :

— Bref, avec d'autres personnes de ce groupe, je suis là pour parler à ceux qui ont des difficultés, je les conseille, je leur donne des pistes, où aller, quoi faire, quoi demander… et surtout, je les écoute.

Mes problèmes m'apparaissent soudain minuscules, ce qui me rend encore plus de mauvaise humeur. Qui a le droit de s'en faire avec une histoire de *party* quand des gens doivent accepter le fait qu'ils resteront handicapés ? Steve, en chaise roulante, aide les gens qui ont besoin de lui, besoin de soutien, et il ne se plaint jamais… Ma mère, elle, est toujours prête à sauver le monde et veut qu'on soit tous comme elle… Qu'est-ce qu'ils ont tous, dans cette foutue famille, à vouloir être des saints ou des superhéros ?

— Tu avais besoin de quelque chose ? me demande Steve, voyant que je garde un silence boudeur.

— Bof… rien de grave. Des histoires avec ma mère.

— Qu'est-ce qui se passe ?

J'essaie de ne pas embêter Steve avec mes problèmes, mais c'est plus fort que moi. J'ai trop envie de tout lui raconter. Après un court instant, je déballe mon sac. J'explose.

— Je ne sais pas ce qu'elle a… Elle gâche toujours tout ! J'ai une chance de faire partie de la gang la plus cool de l'école et elle essaie de m'en empêcher. Je ne la comprends pas ! Elle est jalouse, je pense… Peut-être qu'elle aurait voulu être comme moi… C'est sûr qu'elle, avec sa manie de toujours vouloir bien faire et s'occuper de tout le monde, elle a dû en voir de toutes les couleurs à l'école… Mais si elle a eu une adolescence poche, ce n'est pas une raison pour me le faire payer !

Steve garde d'abord le silence. Il plante ses yeux dans les miens. Il semble un peu surpris. Par ma colère, peut-être ? Je m'entends plutôt bien avec ma mère, habituellement, c'est vrai… Le regard grave, mon oncle finit par me dire :

— As-tu déjà parlé à ta mère de ses années au secondaire ? T'es-tu déjà intéressée à elle ? Ça vous arrive de discuter, toutes les deux, ou tu es trop occupée par ton petit nombril ?

À mon tour d'être étonnée. Le reproche est très clair… Steve est toujours si doux, si posé. Son ton brusque me surprend. C'est vrai, j'ai un peu tendance à me concentrer surtout sur mon propre univers… Je me rends compte que je sais peu de choses de la vie de ma mère avant que j'en fasse partie, ou même de celle de Steve. Je leur raconte volontiers les divers épisodes de *La vie d'Alexia*, mais je leur pose rarement des questions sur leur propre existence. J'interroge Steve d'une petite voix :

— Je sais que maman allait à La Ruche. Tu y allais aussi, je pense… Mais je ne sais rien de plus. C'était si difficile que ça, pour elle ? Elle était toujours toute seule, c'est ça ?

— Au contraire, Alexia. Tu t'es inventé tout un scénario, mais il ne ressemble pas du tout à la réalité. Ce serait même plutôt l'opposé. Je te le dis toujours, tu devrais écrire… Sérieusement, il faut vraiment que tu parles à ta mère. Demande-lui de te raconter l'histoire de Sylvie.

J'en prends bonne note. Sylvie. Steve conclut :

— Les choses n'ont pas tellement changé avec les années, tu sais, Alex… Tout au long de notre secondaire, à Annie et moi, c'était comme aujourd'hui : il y avait la première de classe, le petit tannant, la gang avec qui tout le monde voulait se tenir… et il y avait la reine de La Ruche. Pendant ses cinq ans à La Ruche, Annie était la reine. Ta mère a toujours été la fille la plus populaire de l'école.

Chapitre 5

On dirait que ma mère n'a pas bougé depuis que j'ai claqué la porte tout à l'heure. Appuyée au comptoir de la cuisine, une tasse de thé à la main, elle semble absorbée par la contemplation des carreaux du plancher. À la suite de ma discussion avec Steve, j'ai eu le temps de me calmer. Je rejoins Annie et lui dis :

— Je suis désolée… Je n'aurais pas dû te crier après.

Elle lève ses yeux pâles sur moi, hésite un moment, puis se contente de faire un petit signe de tête sans répondre, comme pour dire « J'accepte tes excuses ».

Enfin, après un moment qui me paraît interminable, ma mère déclare doucement :

— Ce n'est pas vrai, Alex, ce que tu as dit. Je n'étais pas la fille toujours à part…

— Je sais.

Je n'ajoute rien, mais elle comprend tout de suite.

— Tu es allée chez Steve, c'est ça ? J'en étais sûre…

C'est là que je me retrouve à chaque dispute, chaque bonne nouvelle, chaque grand moment. Je ne veux pas brusquer ma mère, mais j'ai envie de savoir.

— Parle-moi de Sylvie…

Elle se crispe. Je la vois se cramponner à sa tasse de thé comme si cette dernière pouvait l'empêcher de sombrer, de plonger dans ses souvenirs.

— Sylvie… Steve t'a tout raconté ?

— Il ne m'a rien dit. Il m'a juste suggéré de parler de Sylvie avec toi.

Ma mère pousse un long soupir, baisse la tête, puis elle se lance :

— Quand j'étudiais à La Ruche, j'ai toujours fait partie de la gang principale de mon année, celle à laquelle tout le monde a envie d'être associé. Comme toi avec Sabrina et ses amis. Je ne veux pas me vanter, mais j'étais assez populaire…

Je ne dis rien, pour ne pas l'interrompre, mais je n'ai aucun doute. Steve m'a même dit qu'elle était la reine, comme Sab. Du succès auprès des gars, l'admiration de toutes les filles… Annie continue :

— Tout était facile pour moi, à cette époque-là. Tout me réussissait. Chacun voulait être mon ami, je sortais avec qui je voulais ou presque, je décidais pratiquement de ce qui était à la mode ou non, tu vois le genre…

Tout à fait. L'image de Sabrina ne quitte pas mon esprit. Je n'arrive pas à imaginer Annie ainsi. Elle qui est toute douce, discrète, tournée vers les autres. Je n'aurais jamais cru que ma mère… Je l'interromps doucement :

— Tu es si gentille, tu passes ton temps à prendre soin de tout le monde… C'est pour ça que tous t'aimaient ?

Elle laisse échapper un petit rire bref.

— Oh non ! Pas du tout ! Au contraire, j'étais plutôt une petite fille gâtée habituée d'avoir tout ce qu'elle veut et de ne penser qu'à elle. Je ne sais pas si les gens m'aimaient, en fait. Je pense que la plupart avaient plutôt peur de moi… D'un seul mot, je pouvais détruire la réputation de quelqu'un.

Elle se tait, plongée dans ses pensées. Elle ne m'a jamais parlé de cette époque. Steve a raison : au fond, je connais bien peu ma mère. J'insiste :

— Sylvie… elle était dans ta classe ?

— Oui. Sylvie était très timide, elle n'avait pas d'amis, elle était toujours toute seule. On aurait très bien pu lui parler, mais tu comprends, pour mes amis et moi, qui avions tout, il n'en était pas question. Elle n'était pas assez « bien » pour nous. On avait une très haute opinion de nous-mêmes… On aurait pu aussi simplement laisser Sylvie tranquille, mais non… On s'est mis à l'écœurer sans arrêt. On disait qu'on la « taquinait », nous aussi… On trouvait qu'on ne faisait rien de grave.

Sa voix se brise. Elle chuchote presque, à présent.

— Pauvre Sylvie… Il n'y a rien qu'on ne lui a pas fait… On s'acharnait sur elle. Je ne pourrais même pas te dire pourquoi. Peut-être parce qu'elle ne parlait pas, ne se défendait pas… C'était la victime idéale… On lui enlevait parfois son lunch, elle ne mangeait pas de la journée. On répandait de fausses rumeurs à son sujet… Une de mes bonnes amies de l'époque l'a accusée d'avoir copié pendant un examen alors que c'est elle qui avait pris toutes les réponses de Sylvie… Je me souviens, Sylvie avait eu zéro. Le pire, c'est qu'on trouvait tout ça très drôle. C'est comme s'il ne nous venait pas à l'esprit que Sylvie était une ado comme nous, que ce qu'on faisait la bouleversait. On ne pensait pas à elle, à comment elle se sentait. Jamais.

Ma mère s'interrompt de nouveau. Je sens qu'elle n'a pas envie de continuer.

— Qu'est-ce qui s'est passé ? Elle a fini son secondaire à La Ruche ?

— Oui. En cours d'année, en cinquième secondaire, ses parents ont déménagé. Après coup, je me dis que c'était peut-être pour la protéger, pour qu'elle soit au moins tranquille quand elle était chez elle. Mais ils avaient décidé qu'elle terminerait tout de même l'année scolaire à La Ruche. On ne l'a pas lâchée. Chaque jour, des insultes, des moqueries… On l'attendait de pied ferme au bal : on avait préparé un petit numéro qu'on pensait être très drôle et qui avait essentiellement pour but de se moquer d'elle et de quelques autres élèves. On l'a attendue toute la soirée. Elle ne s'est pas présentée. Elle n'est pas venue à son bal de fin d'année.

Ma mère semble bouleversée. L'histoire de Sylvie est triste, mais je doute que ça s'arrête ici. En effet, Annie reprend :

— On était tellement inconscients, tellement méchants en fait, que quelques semaines plus tard, pendant l'été, on s'est dit qu'on devrait l'appeler pour lui faire au téléphone le petit numéro prévu pour le bal. On ne voulait pas l'avoir préparé pour rien, tu comprends… On voulait être sûrs qu'il atteigne sa cible. C'était un soir de *party*, on se trouvait très drôles, on était certains que c'était une bonne idée... Même une fois l'école finie, on ne pouvait pas la laisser tranquille. C'est moi qui ai téléphoné. Une femme a répondu. J'ai demandé Sylvie. Au bout du fil, la mère de Sylvie a voulu savoir qui parlait. J'ai expliqué que je m'appelais Annie, que j'allais à l'école avec Sylvie. Je n'oublierai jamais son ton, bien plus triste que fâché, quand elle m'a demandé : « Tu lui veux quoi, à Sylvie ? Vous ne l'avez pas assez fait souffrir de même à l'école, pendant cinq ans ? » Il ne m'était jamais venu à l'idée que Sylvie avait de la peine, qu'elle pleurait en arrivant chez elle par ma faute, qu'elle avait une vie en dehors de nous...

— Tu lui as parlé, finalement ?

— Non. Je n'ai pas su quoi répondre quand sa mère m'a demandé ce que je lui voulais. Je n'ai rien dit. C'est alors qu'elle m'a appris que Sylvie était morte. Elle s'était suicidée quelques semaines avant. Le soir du bal. Pendant qu'on dansait, qu'on s'amusait et qu'on l'attendait pour se moquer d'elle, Sylvie mettait fin à ses jours... On ne l'avait pas su parce qu'elle n'habitait plus le quartier et sa famille avait vécu tout ça dans la solitude, la colère, la tristesse... J'ai raccroché et je suis rentrée chez moi.

Un lourd silence s'installe. J'ai la gorge serrée par l'émotion. Ma mère conclut :

— Je n'ai plus jamais été la même après. Je n'arrêtais pas de dire que tout était ma faute. Steve m'a aidée, il me répétait que ce n'était pas moi qui l'avais tuée, mais il y a une chose que je sais : c'est moi qui lui avais enlevé le goût de vivre. Je me suis juré que ça n'arriverait plus jamais. Que personne ne perdrait le goût de vivre à cause de moi.

Je comprends mieux son attitude, ses craintes, son insistance pour que je parle à Maude. Je prends sa main et la serre bien fort.

— Tu peux aller voir le mur Facebook de Maude, maman. Tu ne trouveras rien venant de ma part, je te jure. Je ne fais pas partie de ceux qui se moquent d'elle…

— Je sais, ma grande… Mais tu rêves d'être leur amie. As-tu tellement de choses en commun avec eux ? C'est vraiment eux que tu veux comme amis ?

Je pense à tous mes efforts pour être admise dans le groupe, je pense à Antoine, au *party* où j'ai tant envie d'aller et je réponds « Oui » d'une toute petite voix en essuyant doucement de grosses larmes qui roulent à présent sur les joues de ma mère.

C'est mon père qui met fin à ce moment d'émotion en rentrant du travail. Il referme vivement la porte, desserre sa cravate et s'exclame :

— Ouf! Quelle journée de fou!

Ma mère éclate de rire à travers ses larmes et je me joins à elle. Enfin, Annie me prend dans ses bras et me chuchote à l'oreille :

— Je sais que ce n'est pas pareil, Alex. Je voudrais tellement qu'il ne t'arrive rien, jamais… Mais j'ai confiance en toi. Tu n'es pas comme j'étais. C'est beau, tu peux y aller, à ton *party*.

Chapitre 6

Je suis enfin prête à partir. J'ai dû me changer au moins dix-huit fois… Finalement, parmi tout ce que je possède, je choisis les marques les plus populaires, tant en ce qui concerne les souliers que mon jean et mon t-shirt. Le genre de vêtements que tout le monde aime dans la gang. Je sais qu'ils ne me vaudront aucune remarque désagréable. Debout devant le miroir, je ne peux m'empêcher de froncer les sourcils : j'ai fait des choix pour ne pas avoir de commentaires, mais je ne porte aucun de mes vêtements préférés, ceux dans lesquels je me sens vraiment bien. Les paroles de ma mère me tournent dans la tête : « As-tu tellement de choses en commun avec eux ? » Je soupire : probablement pas.

Bon, assez de grandes réflexions pour ce soir : je m'en vais à une fête, je m'en vais m'amuser.

Et puis, avec cette invitation, j'ai l'impression d'avoir un nouveau statut. D'être vraiment des leurs, maintenant.

Mon père vient me reconduire chez Sabrina, qui habite un peu trop loin pour y aller à pied. Le *party* commence à 19 h 30. Je fais exprès d'arriver en retard, pour ne pas être la première et avoir l'air trop enthousiaste. Il est finalement 20 h 15 quand je descends l'escalier qui mène au sous-sol de la maison de Sab. Tout le monde est là : Zack, Blou, Mélissa, Gab, Josiane, quelques autres de l'école que je connais moins, certains élèves plus vieux que nous, même, en quatrième et cinquième secondaires… et Antoine, évidemment, que je remarque dès mon arrivée.

Ils ont tous une bouteille de bière à la main. Je n'en ai pas apporté, bien sûr, je n'avais pas pensé qu'il s'agissait de ce genre de fête. Pour être honnête, je n'ai pas l'habitude d'en boire non plus. Je ne peux m'empêcher de me gronder dans ma tête : « Tu t'attendais à quoi, Alex ? À du jus de fruits et du gâteau ? Sab t'a invitée à un *party*, pas à une fête d'enfants… »

D'humeur morose, je m'installe dans un coin, près de Blou et Josiane, en grande conversation. Je fais semblant de regarder autour de moi d'un air intéressé, essayant de camoufler ma gêne. Sab est impeccable, comme toujours, avec ses cheveux blonds et lisses, sa peau parfaite, son sourire de mannequin… Je voudrais tant lui ressembler ! Ou encore à Mélissa, toute brune et menue, qui a l'air d'une poupée… À côté d'elle, avec mes 5 pieds 5, j'ai toujours l'impression d'être une géante maladroite.

Antoine doit sentir mon malaise car il vient à ma rescousse, heureusement, deux bouteilles dans les mains.

— Veux-tu une bière, Alex ?

J'accepte avec empressement. Je n'ai pas envie d'être la seule à ne pas boire. Je veux être comme eux. Nous buvons notre bière et jasons un moment, de tout et de rien. Après quelques minutes, Josiane et Blou s'éloignent. Comme s'il n'attendait que ce moment, Antoine se penche vers moi et me dit à voix basse :

— J'aime mieux te prévenir : j'ai entendu parler d'une sorte de test, Alex…

— Un test ? Pourquoi ?

Il paraît mal à l'aise.

— Eh bien, Mélissa a dit à Sab que tu connaissais bien Maude. Que c'était peut-être même ton amie. Elles veulent vérifier si c'est vrai ou si tu es de leur bord…

Mille idées me traversent l'esprit. Qu'est-ce qu'elles vont me demander de faire ? J'ai peur… Je repense à l'histoire de ma mère, de Sylvie… Mon cœur se serre. C'est pour ça qu'elles m'ont invitée ? Pour m'obliger à leur prouver quelque chose ? Pauvre idiote, moi qui croyais maintenant faire partie de la gang... J'ai envie de pleurer, de crier. Je ne peux m'empêcher de demander à Antoine :

— Pourquoi tu m'avertis ?

— Je ne sais pas trop... Je n'aimais pas l'idée. Je te trouve sympathique et je n'avais pas envie de... Enfin, bref, tu vois.

— C'est drôle que tu te tiennes autant avec eux, Antoine. On dirait que tu es différent...

Il hausse les épaules.

— Je les connais depuis la maternelle. On a toujours été amis. Ils ne sont pas parfaits, c'est vrai, mais qui l'est ?... On a bien du *fun* ensemble.

Je sais que je ne devrais pas, mais je ne peux m'empêcher de dire :

— Bien du *fun* souvent sur le dos des autres...

— Hum... C'est plutôt l'affaire de Sab, Gab, Blou et Mélissa, ça. Je ne suis pas trop fort là-dessus. Je m'en mêle le moins possible. Mais bon, je ne vais pas les changer, hein ?

Il m'adresse un sourire charmant. Je repense au fait qu'il est le seul à ne pas avoir écrit sur la page Facebook de Maude et je suis un peu rassurée. Il n'est pas comme eux. Antoine continue :

— En même temps, j'ai tendance à croire que ce qu'on ne sait pas ne fait pas mal... Qu'ils se moquent de Maude autant qu'ils veulent !

Tant que ce n'est pas devant elle, ça ne fait pas trop de dommages, d'après moi.

Il n'est pas *entièrement* comme eux. Pour Antoine, qui est si populaire, tout est facile, tout est simple. J'aurais envie de lui raconter l'histoire de ma mère et de Sylvie, mais je me retiens. Ce n'est pas le moment idéal. Autour de nous, la fête commence à lever : les voix montent d'un cran, les bouteilles se vident plus vite, l'ambiance n'est pas aux grandes discussions très sérieuses. Je tente de profiter de chaque minute tout près d'Antoine... C'est la première fois que nous discutons autant, tous les deux. Je le regarde de loin depuis trois ans, je n'ai jamais osé croire qu'il pourrait s'intéresser à moi, mais pourtant, ce soir, il me semble y avoir quelque chose de spécial entre nous. Le fait qu'il m'ait prévenue des intentions de Sab, son regard planté dans le mien... Je me prends à rêver que, peut-être...

Blou débarque soudain entre nous deux avec ses gros sabots. Il se met à faire des blagues sans remarquer qu'Antoine et moi discutions. Il propose :

— Voulez-vous une bière ? C'est un *party*, oui ou non ?

Je constate avec surprise que j'ai déjà fini la mienne pendant ma conversation avec Antoine. Pour me donner une contenance, pour ne pas avoir les mains vides et paraître trop sage pour la soirée, j'accepte avec enthousiasme. Pendant que Blou et Antoine délirent sur les bandes dessinées de superhéros, je promène de nouveau mon regard sur les gens vautrés partout dans le sous-sol. On dirait qu'ils apprécient leur soirée. La mienne passait à une vitesse folle quand je discutais en tête à tête avec Antoine, mais elle paraît maintenant s'étirer. Tout le monde ne fait que boire et jaser, il n'y a personne de qui je me sente assez proche pour aller m'immiscer dans une conversation… Je m'ennuie soudain de mes amies. J'aurais envie de discuter avec Amélie ou Sarah. Je ne sais pas à quoi je m'attendais, mais je suis loin d'être certaine que ça me plaît. Je ne me sens pas à ma place.

Antoine et Blou parlent à présent des *Avengers*, comparent les mérites distinctifs des différents superhéros des *comics*. Je n'ai jamais lu ces BD, je n'ai rien d'intéressant à dire sur le sujet. J'écoute d'une oreille distraite leurs commentaires sur Iron Man, Hulk, Capitaine America et compagnie en faisant mine de m'amuser. Mélissa s'approche de moi. Je suis un peu étonnée : ce n'est pas tellement dans ses habitudes de jaser avec moi ! Elle regarde Antoine et me chuchote avec un air complice :

— Il est pas mal *cute*, hein ?

Je ne réponds pas, embarrassée. Je sens mes joues rougir. Je n'ai pas très envie de me confier à Mélissa… Elle insiste :

— J'ai remarqué que tu le regardes tout le temps, tu sais…

J'ai peur de fondre sur place tant la chaleur me monte au visage. Heureusement, Sab me sort de l'embarras en se levant soudain. Elle baisse la musique et déclare d'une voix forte, avec un sourire cruel :

— J'ai un petit jeu à vous proposer, gang…

Elle ouvre une armoire, en sort un gros carton rouge. En plein centre, elle y a collé une photo agrandie de Maude, celle qu'on retrouve sur son profil Facebook. Déjà, de gros rires éclatent dans le sous-sol. Les battements de mon cœur s'accélèrent. Nous y voilà… Qu'est-ce qu'on va me demander de faire ? Sab colle l'affiche sur le mur et elle exhibe joyeusement un plus petit carton qu'elle tient dans sa main. On retrouve sur celui-ci la photo d'une bouteille de shampoing anti-pellicules découpée dans une circulaire. Amusée, Sab déclare :

— On ne pouvait pas faire un *party* sans inviter notre amie Cheveux gras, pas vrai ? C'est la tradition ! Et les traditions, c'est important.

Les rires reprennent de plus belle. Certains se mettent à siffler, à applaudir. Je comprends soudain que ça va beaucoup plus loin que les petites moqueries que je les entends parfois échanger à l'école ; Maude est la tête de Turc de chacun de leurs *partys*, si je comprends bien. Sabrina brandit maintenant un bandeau :

— Vous connaissez le jeu de l'âne ? Allez, qui commence ?

Josiane s'avance, place le bandeau sur ses yeux, fait quelques tours pour s'étourdir puis colle la bouteille de shampoing sur le mur, à au moins trente centimètres de la photo de Maude. Tous sont écroulés de rire.

Chacun y passe à tour de rôle. Je suis presque soulagée, je l'avoue : j'avais peur qu'on m'oblige à l'appeler, à aller chez elle faire un coup… Le jeu est méchant, mais en même temps, comme le dit Antoine, tant qu'elle ne le sait pas… Je sens les regards de Mélissa et Sab posés sur moi. Avant que tous aient pu jouer, je me propose moi-même comme volontaire. Je m'avance vers le centre du sous-sol. On me pose le bandeau sur les yeux, je tourne quelques fois sur moi-même, je m'avance vers le mur et hop ! je plante la bouteille de shampoing en plein sur les cheveux de Maude. C'est le délire ! J'enlève mon bandeau sous les regards amusés et éméchés de tous et, un peu étourdie par la bière que j'ai bue et par le désir de faire partie de la gang, je lance le bandeau dans les airs et je crie férocement :

— BÊÊÊÊ !!!

Tout le monde rit, ça crie, ça bêle… Je ne suis pas fière de moi, mais je sais qu'ils n'auront maintenant plus de doutes à mon sujet. J'ai passé le test, j'en suis certaine. Je cherche Antoine du regard pour qu'il me confirme que j'ai bien agi, mais quand je l'aperçois… mon cœur fait trois tours : il est en train d'embrasser Mélissa à pleine bouche.

Je me sens stupide, tellement stupide… Je ne peux empêcher les larmes de me monter aux yeux. Je demande à Gab, qui passe devant moi au même moment :

— Ils… ils sortent ensemble ?

J'essaie d'avoir l'air détachée, comme si ça me laissait indifférente et que je n'accordais pas trop d'importance à sa réponse, mais Gabriel remarque ma peine. Il suit mon regard et s'exclame d'une voix rendue molle par l'alcool :

— Hé, Alex ! Tu ne vas pas t'en faire pour ça ! C'est un *party* : on boit, on s'embrasse… Ça ne veut rien dire !

Malgré tout ce que j'essaie de me faire croire, Antoine ne vit pas du tout dans le même monde que moi. Il n'est pas si différent des autres. Dans mon univers, embrasser quelqu'un veut dire quelque chose. Même si on a bu.

Je me trouve un prétexte pour quitter le *party* tôt. J'avais promis d'appeler mon père pour qu'il vienne me chercher, mais j'ai envie d'une longue marche pour m'éclaircir les idées. Je sors de la maison et, tout au long de mon trajet, je ne peux m'empêcher de pleurer.

Est-ce vraiment eux que je veux comme amis ? Je pense à ce « Bêêêê » que j'ai lancé et je suis morte de honte… Mon honneur est sauf à leurs yeux, mais j'ai le cœur brisé et l'amour-propre piétiné. Je pleure sur tout le chemin du retour.

Sur Antoine.

Sur Maude.

Sur moi, surtout.

JUIN, TROISIÈME SECONDAIRE

Je sursaute. Un choc sourd à l'avant de l'église m'a obligée à revenir au présent. À interrompre mon voyage dans le passé, dans ces événements qui nous ont conduits ici aujourd'hui, à l'église. Je tends le cou pour voir ce qui s'est passé : c'est Blou qui vient de s'effondrer, dans l'une des premières rangées. Il a perdu connaissance. Blou, toujours en blagues et en folies, vient de craquer. Un remue-ménage s'ensuit : autour de lui, des parents et des enseignants s'agitent. Blou se relève péniblement, les jambes flageolantes, et on le guide à l'extérieur de l'église en le soutenant fermement. Je le regarde sortir et je l'envie presque : être conduit dehors, ne plus devoir assister à cette cérémonie pénible, sombrer, tout oublier…

Mes yeux se posent malgré moi sur le cercueil qui est maintenant rendu à l'avant. Assise à mes côtés, à ma gauche, ma mère me tient fermement la main. J'arrive à peu près à tenir le coup, mais j'ai peur de tomber dans les pommes à mon tour. Les images m'étourdissent, les reproches que je me fais également. Les pleurs redoublent dans l'église : le second cercueil vient de faire son entrée, porté lui aussi par des hommes au visage grave, en costume sombre.

Ne pas penser aux corps enfermés dans ces deux boîtes.

Arrêter de me culpabiliser. Ça ne sert à rien. On ne peut pas revenir en arrière.

Continuer à vivre.

Simplement continuer à vivre.

J'ai envie de hurler de toutes mes forces : oui, mais comment faire ?

J'ai chaud, j'ai froid, puis chaud de nouveau. Je pense que j'ai de la fièvre. Je ne me sens pas bien. Le sol tangue sous mes pieds. J'abandonne la main de ma mère pour me rendre compte aussitôt que mes mains tremblent sans que je puisse rien faire pour les arrêter. J'appuie mon front sur le banc en avant de moi.

Allons, la cérémonie ne peut pas être bien longue... Dans une heure, une heure et demie, je serai chez moi et je pourrai essayer de retrouver un certain calme. Je veux m'enfermer dans ma chambre, ne plus bouger, ne plus penser. Oui, c'est ça, Alex, rêve toujours…

Voilà, les deux cercueils sont à l'avant de l'allée, recouverts de fleurs. L'église est pleine à craquer. La musique s'arrête. Les sanglots et les reniflements redoublent. Je suis si crispée que j'ai peur de ne plus jamais pouvoir me relever. Une main se pose doucement sur mon dos, ferme, solide, rassurante. Celle de mon oncle Steve, qui se tient à ma droite. Steve se penche vers moi et murmure :

— Tu as le droit de pleurer, Alex.

Comme si j'avais attendu cette permission toute la journée, voilà que les digues se rompent. Je me redresse, mon front quitte le banc qui le soutenait, et de grosses larmes coulent sur mes joues. Je n'arrive plus à m'arrêter. Je pleure, je pleure, je pleure. Étrangement, ça me fait du bien. Je cesse pour un moment de me faire des reproches, mes mains semblent même trembler un peu moins, je me donne le droit de vivre ma douleur.

La main apaisante de Steve me fait du bien, jusqu'à ce que je me mette à penser que c'est la main d'Antoine que je voudrais sentir posée sur mon dos en ce moment. Mes pleurs s'accentuent, si la chose est possible, mes mains se remettent à trembler encore plus fort. Ma mère et Steve se jettent un regard inquiet. Je m'oblige à reprendre mon souffle, à respirer profondément. Je ne peux pas quitter l'église. La moindre des choses est que j'assiste à ces funérailles.

Je relève la tête. Je resterai. Même si je ne peux pas compter sur la main d'Antoine posée sur mon dos, puisque Antoine ne peut pas être assis là, près de moi.

Chapitre 7

MAI, TROISIÈME SECONDAIRE

Le temps est splendide encore aujourd'hui. On dirait que l'été s'est pointé le nez plus tôt cette année. Ça sent déjà les vacances ! Un peu plus d'un mois d'école et j'aurai fini ma troisième année de secondaire. Le soleil brille, personne ne m'attend à la maison puisque mes parents m'ont prévenue qu'ils rentreraient tard tous les deux, et il y a un bon moment que j'ai vu mon oncle… J'ai bien envie d'aller lui rendre visite.

Quand j'arrive chez Steve, il est installé sur le patio, derrière la maison, au soleil, un livre dans les mains, un grand verre de limonade près de lui. Je dis d'un ton taquin :

— C'est la grosse vie !

Steve lève la tête, surpris. En me voyant, il roule son fauteuil jusqu'à moi et me serre bien fort dans ses bras.

— Alex ! Quelle charmante visite ! Je pensais que tu avais oublié l'existence de ton vieil oncle !

J'éclate de rire. Steve est tout beau, bronzé, musclé, dynamique comme dix... il n'a rien d'un vieil oncle ! Je vais me verser un verre de limonade à mon tour puis reviens m'asseoir près de lui. Il m'interroge immédiatement :

— Ça fait un moment que je ne t'ai pas vue ! Comment vas-tu ? Que se passe-t-il de bon dans ta vie ? Je veux la suite des aventures d'Alex !

Comme toujours, mon oncle adore que je lui raconte mes histoires ! On y va pour la suite du téléroman *La vie d'Alexia* ! J'ai toujours autant de plaisir à raconter, décrire ma vie, donner des détails, lui parler des divers personnages qui traversent mon existence. Je ne l'ai pas vu depuis des semaines et je ne sais par où commencer. C'est Steve qui me donne l'angle d'approche en disant :

— Il me semble que je n'ai pas entendu parler de la reine de La Ruche et de sa cour depuis un bon moment, je me trompe ?

— Non. Je... je me tiens un peu moins avec eux.

Je n'ai pas envie d'entrer dans les détails. Depuis que j'ai vu Antoine embrasser fougueusement Mélissa, j'essaie de l'éviter autant que possible. Je sens bien ses yeux interrogateurs se poser souvent sur moi, mais je fuis sa présence. Je parle de temps en temps à Sab, Gab, Blou et aux autres, mais je sais que je ne ferai jamais vraiment partie de leur groupe. Je blague avec eux, on traîne parfois ensemble, mais je passe le plus clair de mon temps avec les amis que j'ai depuis la première année du secondaire, avec qui je me sens mieux : Amélie, Félicia, Pierre-Luc, Sarah… De toute façon, ils ont bien dû avoir d'autres soirées depuis septembre dernier et je n'ai reçu aucune invitation. Ils me tolèrent dans leur cercle, mais je ne suis pas vraiment des leurs… J'ai bien compris que ce soir-là, ils m'avaient demandé d'assister à la soirée uniquement parce qu'ils voulaient me faire passer une sorte de test… À la seule idée de ce *party* où je m'étais moquée de Maude, mon cœur se serre. Je confie à Steve :

— Je me tiens un peu plus avec Sarah et Amélie, maintenant, deux filles de ma classe. Elles étaient avec moi au primaire, on a les mêmes goûts, on s'entend bien, tout est simple avec elles. Je… je ne ressemble pas beaucoup à cette gang-là, je pense…

— Je trouve ça plutôt rassurant.

Cette déclaration de Steve m'étonne. Il ne connaît personne de cette gang et n'est pas du tout du genre à porter des jugements. Ma mère lui a sûrement parlé. Bizarre… Comme il n'ajoute rien, je finis par demander :

— Pourquoi tu trouves ça rassurant ?

Il semble hésiter, puis finit par demander à son tour :

— As-tu été sur ta page Facebook dernièrement ?

— J'y vais de temps en temps, oui…

Je rougis en pensant au nombre de fois où je consulte le profil d'Antoine, chaque jour.

— Mais je n'y suis pas allée depuis ce matin. Pourquoi ?

— Tu as été taguée sur une photo par Sabrina. Ces amis-là ont un drôle d'humour, se contente de dire Steve. Un humour très différent du tien.

Il n'ajoute rien et s'empresse de changer de sujet. Je reste chez lui encore quelques minutes, mais j'ai du mal à me concentrer sur notre discussion. J'ai la tête ailleurs. J'ai beau essayer de parler avec Steve, mon esprit retourne sans cesse vers Facebook. Qu'est-ce qu'ils ont encore fait ? N'y tenant plus, je m'empresse de saluer mon oncle et je rentre chez moi en courant.

La maison est vide. La première chose que je fais en arrivant est d'allumer l'ordinateur. Je vais voir ma page Facebook. Au début, je ne comprends pas trop de quoi il est question : sur la photo que Sab a publiée sur ma page, on ne voit que le derrière de la tête d'une fille, seulement ses cheveux. Je lis le commentaire qui accompagne la photo : « Devinez qui a besoin d'un bon lavage de tête ? Vous ne rêvez pas ! Ces cheveux gras ne sont pas ceux de quelqu'un qui vit loin de chez vous ! C'est une fille de ma ville, de ma classe. Beurk ! »

J'en perds le souffle. Maude ! Je reconnais facilement la tête de Maude. Sabrina est assise derrière elle en classe, elle a dû prendre la photo de son pupitre. Pour ce commentaire, elle a tagué tous les membres de la gang et quelques autres élèves de la classe, dont moi, évidemment. Sous la photo, il y a 48 commentaires. Blou est le premier à avoir écrit : « Hé bêêêê ! », allusion évidente au surnom de Maude, La Chèvre. Tout le monde renchérit en disant à quel point c'est dégoûtant et en commentant les cheveux de Maude. Zack, Josiane, Gab, Mélissa, tous en rajoutent… C'est un véritable concours de méchanceté ! J'espère que Maude n'a pas vu ça…

Je parcours rapidement les 48 commentaires, heureuse malgré moi de constater qu'Antoine n'a rien écrit. J'ai beau essayer de ne plus penser à lui depuis le fameux *party*, j'y arrive plus ou moins. Gab avait raison, en tout cas : le fait de s'embrasser ne voulait rien dire pour Antoine et

Mélissa, ils ne sortent pas ensemble depuis. Quand je repense à la discussion avec Mélissa, plus tôt ce soir-là, où elle tentait de me faire avouer qu'Antoine me plaisait, où elle insistait pour le savoir, je me dis qu'elle l'a fait exprès. Qu'elle l'a embrassé juste pour se moquer de moi ou me blesser. Ça n'avait aucun sens, ni pour elle ni pour lui. Pour moi, ça voulait dire beaucoup. Ça signifiait entre autres qu'Antoine et moi, on n'est pas faits l'un pour l'autre, même si je le trouve toujours aussi beau et que j'ai du mal à ne pas le regarder sans cesse en classe et à ne pas visiter son profil Facebook plusieurs fois par jour…

Je ne sais pas quoi faire. Je supprime le *post* de mon mur. C'est bien la moindre des choses. La gang m'en voudra sûrement si quelqu'un s'en rend compte, mais je n'ai pas envie de partager cette image. Je devrais dénoncer Sabrina à la direction de l'école, peut-être… Je ne suis pas sûre que ce soit très utile. D'abord, comme toujours, elle a été très habile : elle ne nomme personne directement pour éviter d'avoir des ennuis. En plus, si je fais ça, je n'ose pas imaginer ce que sera ma vie à La Ruche après. Il me reste encore deux ans à y étudier pour finir mon secondaire…

Je pousse un énorme soupir. Cette histoire prend des proportions qui n'ont aucun sens. Je me sens impuissante. J'espère que personne n'a mis cette photo sur le mur de Maude, au moins. J'essaie d'aller voir sa page en inscrivant son nom dans la barre de recherche, mais je n'y arrive pas. Le compte de Maude a été fermé. Elle n'a plus de page Facebook.

Je ne peux m'empêcher d'être soulagée.

Chapitre 8

La cloche sonne. Je ramasse mes livres, mets le tout dans mon sac et me dirige vers ma case. Une journée sans histoire qui se termine. Avec le beau temps qui persiste, la concentration devient de plus en plus difficile. Tout le monde a déjà l'impression d'être un peu en vacances… On n'entend plus parler que des projets de l'été et du voyage de fin d'année qui approche, bien sûr. Moi-même, je n'ai pas tellement la tête aux études… Dans deux semaines, tous les élèves vont passer quatre jours à New York ! Je partagerai une chambre avec Sarah et Amélie. Normalement, nous sommes quatre par chambre, mais comme les filles sont en nombre impair, nous avons réussi à ne rester que nous trois. Ce sera ma première visite dans cette ville. Magasinage,

tour guidé de New York, show sur Broadway…
J'ai trop hâte !

Les premières personnes que je croise en entrant dans la salle des troisièmes secondaires sont Josiane et Mélissa, debout près d'une rangée de cases. Elles me regardent passer avec un large sourire complice. Je me demande ce qu'elles manigancent encore. Derrière elles, j'aperçois Maude, la tête dans son casier, qui remplit son sac avec des gestes précipités. Je ralentis considérablement le pas en passant à leurs côtés.

— Moi, je trouve que dire à quelqu'un qu'elle a les cheveux gras, c'est un service à lui rendre, en fait, pépie Mélissa de sa voix aiguë, sans regarder personne en particulier.

Josiane se tourne carrément vers la case de Maude et renchérit :

— On essaie d'être fines, au fond, Maude…

C'est la première fois que je l'entends appeler Maude par son prénom. Entre elles, elles utilisent toujours les deux surnoms que la gang lui a attribués, « Cheveux gras » ou « La Chèvre ». Mélissa reprend :

— Un jour, tu nous remercieras… Tu n'as aucune amie dans l'école, tu le vois bien ; nous, au moins, on te parle…

Interloquée, je reste figée là, à quelques mètres d'elles, sans un mot. Que faire ? Prendre sa défense et devenir la prochaine cible de Josiane et Mélissa ? La crainte me paralyse. Maudite peur… Maude se redresse, le visage rouge. Elle jette son sac sur son épaule et claque la porte de son casier d'un geste brusque, sans rien dire. Elle me contourne en silence et quitte la salle sous les rires moqueurs des deux filles.

C'est terrible… Elles sont encore plus cruelles en feignant d'être gentilles devant elle et en lui balançant n'importe quoi qu'en s'amusant dans son dos. Je n'arrive pas à comprendre pourquoi elles font ça. Qu'est-ce que ça leur donne ? Je ne peux pas croire qu'elles se sentent mieux en étant aussi désagréables ! Chaque fois que j'assiste à une scène du genre, je me sens toute mal à l'intérieur… et pourtant, je n'y participe jamais directement. Je ne me rallie pas aux moqueries, c'est vrai, mais je n'interviens pas non plus pour que ça cesse, et ça suffit à me virer à l'envers. Comment peuvent-elles bien se sentir, ces filles, quand elles s'acharnent ainsi sur quelqu'un ? Pauvre Maude… Je me surprends à espérer que les vacances arrivent très vite pour elle.

Amélie passe à côté de moi et me sort de mes pensées.

— Ça va, Alex ?

Je me secoue.

— Oui, merci, j'étais dans la lune.

Mélissa et Josiane, tout près, me lancent un sourire moqueur. Il m'arrive de penser que je nuis à Maude. Que quand je suis près d'elle, la gang en rajoute encore plus pour me tester, voir si je vais réagir et pouvoir enfin dire clairement que je suis dans le camp de Maude. Malgré mes efforts au *party*, je n'ai peut-être pas complètement réussi le test, après tout…

Amélie et Sarah sont loin d'être les plus populaires de l'école, mais elles sont très gentilles. On s'entend bien. Je n'ai aucun problème du genre avec elles, pas de malaises. Elles n'essaient pas de détruire qui que ce soit. Je repense aux paroles d'Antoine un certain soir de septembre, au sujet de ses amis : « Ils ne sont pas parfaits, c'est vrai, mais qui l'est ? » Je ne cherche pas des amis parfaits. Mais je veux qu'on partage certaines choses. Nos valeurs, par exemple.

Je jase un moment avec Amélie, puis je vais au gymnase pour mon dernier entraînement de basket de l'année. Je me donne à fond. L'exercice me fait du bien. J'ai chaque fois l'impression d'en ressortir plus détendue, les idées plus claires. J'ai commencé le basket en première secondaire surtout pour plaire à mon oncle, qui y excelle, mais au fil des ans j'y ai tellement pris goût que je ne pourrais plus m'en passer !

Aujourd'hui, pourtant, j'ai du mal à faire le vide. Mon esprit reste accroché à la scène qui s'est jouée entre Maude, Josiane et Mélissa.

L'entraînement terminé, je prends l'autobus de ville qui me dépose à cinq rues de chez moi, à seulement quelques minutes de marche. En temps normal, j'aime assez ces courtes promenades après les entraînements de basket qui me permettent de repasser ma journée et de me perdre dans mes rêveries. Mais sur le chemin du retour, cette fois, l'image de Maude ne me quitte pas. Je me demande comment elle fait pour tenir le coup... Je la revois, rouge et excédée, quitter la salle sous les moqueries. Elle a toujours été mince, presque maigre, mais j'ai l'impression qu'elle a encore perdu du poids. Que de nouveaux cernes apparaissent sur son visage chaque jour. Elle ne tient peut-être pas le coup tant que ça finalement...

Ma maison est en vue. Deux personnes jasent, installées sur les chaises du balcon. Mon cœur fait trois tours quand je reconnais celle qui discute avec ma mère. J'imagine aussitôt les reproches que je ne manquerai pas de recevoir, la scène inévitable... Elle lui a sûrement tout raconté. Mon absence de réactions, mon manque de soutien, mon refus de m'impliquer dans sa relation avec la gang… J'aurais envie de faire demi-tour, de ne pas rentrer chez moi.

Car sur le balcon, assise devant ma mère, se tient Maude.

Chapitre 9

Ma mère m'accueille joyeusement. Je devine aussitôt que Maude ne lui a rien dit ; Annie n'est pas si bonne comédienne, quand même ! Quand elle est furieuse contre moi, ça finit toujours par paraître, même quand elle tente de le cacher.

— Salut, Alex ! Ça va bien ? En voyant Maude revenir de l'école, je l'ai invitée à venir jaser avec moi un peu, je ne la vois presque plus depuis que vous êtes au secondaire !

Je sens évidemment les reproches voilés dans ses propos, mais pas de colère. Elle ne fait que constater. Maude semble plutôt mal à l'aise. Elle se lève :

— Bon, je m'en allais…

— Mais non, voyons, Maude, reste ! J'allais justement rentrer. Ça va vous permettre de discuter ensemble, entre filles.

Ma mère file à l'intérieur, visiblement fière de son coup. Je me retrouve sur le balcon avec Maude. On ne s'est pratiquement jamais parlé depuis la sixième année, alors le contact est plutôt difficile à rétablir. Un silence désagréable s'installe. Puis, je me mets à penser à nos heures de jeux et de discussions lors de notre primaire, de la maternelle à la cinquième année surtout, puisque j'avais déjà commencé à m'éloigner d'elle en sixième. Je ne me souviens pas trop pourquoi… À cet âge-là, l'opinion des autres est probablement devenue plus importante à mes yeux et je ne voulais plus être vue avec Maude. Mais avant, je me rappelle certains jours de pluie où nous avons fait des parties de Monopoly interminables, jouant pendant trois ou quatre heures… Je me souviens aussi d'un hiver où nous avions construit un village en neige. J'avais ma maison de neige chez moi, Maude avait la sienne sur son terrain, on se visitait, on traçait des rues, on bâtissait des magasins. Je revois également Maude embarquer dans les chorégraphies que je lui proposais, un peu maladroite, mais tellement pleine de bonne volonté. Je ne peux m'empêcher de lui demander :

— Te rappelles-tu les spectacles qu'on présentait à nos parents ?

Maude paraît surprise, comme si elle ne s'attendait pas du tout à ce genre de commentaire. Elle éclate de rire.

— Des heures de chorégraphies et de *lip-sync* ! Ils étaient patients !

Je me rends compte que, quand Maude est seule avec moi, sa voix ne tremble pas du tout. Pas de bégaiement ni de chevrotement. Nous discutons ainsi pendant quelques minutes. C'est plutôt agréable, je dois le reconnaître. J'arrête de voir Maude comme la gang la perçoit, je tente de retrouver la Maude que je connais. Oui, ses cheveux sont luisants, mais je sais qu'ils sont propres. C'est vrai, elle a un look négligé, elle se fiche de quoi elle a l'air, mais elle est intelligente et gentille. Quelle que soit mon attitude depuis notre arrivée à La Ruche, Maude ne m'a jamais fait le moindre reproche. Je ne crois pas que j'aurais été si indulgente, dans sa situation.

Après avoir passé un moment à discuter du bon vieux temps, je lui demande :

— As-tu hâte au voyage ?

— Bof…

Elle hausse les épaules, pas plus emballée que ça. Elle m'interroge :

— Avec qui tu es, dans ta chambre ?

— Euh… des filles de la classe, Amélie, Sarah…

Je ne suis pas fière de moi. Je fais exprès de ne pas finir ma phrase, comme pour donner l'impression qu'il y en a une autre, que la chambre est pleine, que nous sommes déjà quatre. Parler à Maude toute seule chez moi, ça va, mais je ne me sens pas prête à lui proposer davantage. Encore cette peur du regard des autres… Je demande tout de même, poussée par la curiosité :

— Toi ?

— Je n'avais personne. Les profs m'ont placée dans une chambre avec trois filles des deux autres classes que je ne connais pas.

Elle se tait un moment, pensive, puis reprend :

— Pour être honnête, je ne suis même pas sûre que je vais y aller. Avec l'ambiance de l'école, tu comprends…

Elle n'en dit pas plus, mais je comprends, effectivement. Elle ajoute :

— De toute façon, je suis inscrite à une autre école secondaire l'année prochaine. Je ne sais pas si ça va changer grand-chose, mais je ne veux pas continuer à La Ruche. Je n'en peux plus.

L'histoire de Sylvie, qui étudiait avec ma mère, me traverse l'esprit. Je pense que c'est une bonne idée. Maude sera sûrement mieux ailleurs. Et je ne peux m'empêcher de songer, égoïstement, que les choses seront aussi bien moins compliquées pour moi.

— Je comprends… Je sais que ça doit être difficile, Maude… Mais ce serait triste de ne pas faire le voyage. Ce n'est pas comme si on avait la chance de visiter New York chaque année ! Ne les laisse pas gâcher ça.

Nul besoin de préciser de qui je parle. C'est très clair pour nous deux. Maude se lève.

— Bon, je te laisse. Je… enfin… merci, Alexia.

Je me sens tout à l'envers. Maude me remercie de lui avoir parlé, comme si je lui faisais l'aumône en lui adressant quelques paroles. Je me lève aussi, lui fais un grand sourire, la regarde attentivement. Elle ressemble à une petite fille maigrichonne. J'avais raison, tout à l'heure : elle a effectivement perdu du poids et ses yeux sont soulignés de larges cernes noirs. Je ne peux m'empêcher de lui demander :

— Ça va, toi ?

— Oui… Je suis pas mal fatiguée, ces temps-ci…

— À cause de l'école ?

Elle ne répond pas, d'abord, puis elle semble hésiter et finit par se lancer :

— Non. Tu sais bien pourquoi.

Je ne sais pas du tout de quoi elle parle. Je dois avoir l'air complètement ahurie parce qu'elle ajoute doucement :

— C'est tes amis, après tout.

— Qui ? Sab et son entourage ? Je ne me tiens presque plus avec eux autres.

— J'avais remarqué que vous étiez moins souvent ensemble qu'à l'automne, mais je pensais qu'ils t'en avaient parlé quand même... J'étais sûre que tu étais au courant.

— Au courant de quoi ?

Elle baisse les yeux, mal à l'aise.

— Je pense qu'ils se sont lancé une sorte de défi ou je ne sais pas quoi. Chaque nuit, ils téléphonent chez moi. J'ai parfois deux ou trois appels : un à minuit, un à trois heures, un à cinq heures... Toutes les nuits ça recommence. Je ne dors plus. J'ai essayé de fermer la sonnerie de mon téléphone, de celui de la chambre de mes parents, de la cuisine... Ça marche parfois, mais je ne peux pas faire le tour des téléphones de la maison chaque soir et chaque matin sans que mes parents remarquent que je leur cache quelque chose...

Je suis horrifiée.

— Mais il faut les dénoncer, faire quelque chose !

Elle hausse les épaules d'un air découragé :

— Ils utilisent des cellulaires, j'imagine. Ça affiche « numéro inconnu ». Mon père veut mettre la police là-dessus, mais on n'a pas grand-chose pour les identifier…

Je repense à la perversité des messages de Sab sur Facebook, à sa façon de toujours parler de Maude sans la nommer pour ne pas avoir d'ennuis. Ce serait son genre, en effet. Mais je ne peux pas croire qu'elle soit si méchante ! Maude continue en soupirant :

— Tout le monde est à l'envers chez moi. J'ai tellement peur qu'ils réveillent le reste de ma famille que je mets le téléphone à côté de mon lit pour répondre tout de suite, dès la première sonnerie. Je ne dors plus…

— Tu es sûre qu'il s'agit bien d'eux ? Comment sais-tu qu'ils sont plusieurs, si ça affiche seulement « numéro inconnu » ?

— Parce que les voix changent, Alexia…

— Et tu es certaine que les appels s'adressent à toi ? C'est peut-être à tes parents, à ta petite sœur ?

— Non. Je sais que c'est pour moi. Je le sais parce que, chaque fois, la personne au bout du fil ne dit qu'un seul mot.

Ma gorge se serre. Je demande d'une petite voix :

— Qu'est-ce qu'elle dit ?

Elle plante ses yeux droit dans les miens.

— Toujours la même chose. Ça dit « Bêêêêê ». Rien d'autre. Juste « Bêêêêê ».

Chapitre 10

Le cœur lourd, je regarde Maude quitter l'entrée de ma maison. C'est tellement horrible… Et le pire, ce qui me bouleverse le plus, je crois, c'est qu'elle ait cru que j'étais au courant de tout. Elle ne l'a pas dit, mais elle pensait peut-être même que je participais aux appels… Ai-je tellement changé qu'elle ait pu croire un seul instant que je savais et que j'approuvais tout ça ?

J'oublie mes préoccupations en une seconde en voyant deux vélos s'arrêter devant ma maison juste au moment où Maude tourne sur le terrain menant à la sienne. La blonde Sabrina et la brune Mélissa me regardent. Je prie intérieurement pour qu'elles n'aient pas vu que Maude vient de quitter mon balcon et pour qu'elles ne nous aient pas aperçues en train de discuter toutes les deux. Mais je devine vite que mes prières sont inutiles devant le sourire perfide que m'adresse Sab…

— Comme ça, c'est vrai? On m'en avait parlé, mais je n'y croyais pas.

Je soupire. Je suis tellement fatiguée de ses insinuations.

— Qu'est-ce qui est vrai?

— Que Maude est ta meilleure amie.

— N'importe quoi…

— Voyons, Alexia, à nous, tu peux le dire…

Ce sont bien les deux dernières personnes au monde à qui j'en parlerais. Mais je n'ai pas le courage de lui donner cette réponse, évidemment. Je me contente de trahir Maude une fois de plus.

— C'est ma voisine, c'est tout. On étudiait ensemble au primaire.

— Mais c'est aussi ton amie, insiste Sabrina.

Furieuse, je me contente de lui crier:

— NON, BON!

Sabrina et Mélissa repartent sur leur vélo en rigolant. Je tourne les talons. Dans le feu de l'action, je n'avais pas entendu la porte s'ouvrir. Ma mère est sur le pas de la porte. Elle me jette un regard lourd de reproches et se contente de dire:

— Personnellement, j'aurais bien plus honte d'être l'amie de l'une de ces filles-là que d'être celle de Maude, à voir comment elles agissent.

Je ne réponds rien. Je suis en colère contre le monde entier : contre ma mère, qui a eu l'idée d'inviter Maude ici, contre Maude, qui a accepté, contre Sab et Mélissa, qui n'ont rien d'autre à faire dans la vie que de démolir les autres, contre moi-même, parce que je me trouve tellement, tellement lâche…

Je vais m'enfermer dans ma chambre, la tête pleine de craintes. Je vais subir des représailles, c'est sûr. Sab n'est pas le genre à laisser passer une telle situation sans rien faire, je la connais. Pour elle, me voir parler à Maude est une trahison suprême ! Je suis si angoissée que j'en ai mal au ventre. Qu'est-ce qu'elle va inventer ? Pourquoi est-ce que je suis incapable de me fâcher, de la confronter et de lui dire que j'en ai assez ? Je peux bien parler à qui je veux !

Je ne tarde pas à constater que Sabrina n'a pas l'intention de passer l'éponge, en effet. Deux heures à peine après notre rencontre, je vois apparaître sur mon mur Facebook un message de Sabrina : « Hé, toi et Maude, *best friends* pour la vie, hein ? Je savais pas ! Plein de bonheur ! »

Dans les minutes qui suivent, une avalanche de messages s'ajoute. De la part de Blou, Gab, Josiane, Mélissa, Zack… Rien d'Antoine, ouf ! Mais les autres ont réagi si rapidement que je me demande s'ils ne sont pas tous ensemble au moment où ils m'écrivent. Probablement.

Mélissa déclare qu'elle n'est pas surprise, qu'on se ressemble tellement, Maude et moi... Blou passe un commentaire idiot sur le fait que j'ai les cheveux frisés comme un mouton... Ah, ah, la chèvre et le mouton... Quelle subtilité ! J'espère que ce surnom ne me collera pas à la peau désormais.

J'éteins l'ordinateur et je ne retourne pas sur Facebook de la soirée. Je les laisse se défouler. Qu'ils écrivent ce qu'ils veulent, ça m'est égal. Mes véritables amis, à l'école, savent que je ne me tiens pas avec Maude. Et même si c'était mon amie, serait-ce si grave ? Au fond, je m'en tire plutôt bien. Quelques mots sur mon mur Facebook ne peuvent pas me faire grand mal.

Je réalise vite que les choses ne seront pas si faciles. Sab et sa cour ne s'arrêteront pas là. Quand je me couche, il est tout près de 23 heures. Je vire de tous les côtés, trop préoccupée pour m'endormir tout de suite. Toute cette histoire me tourne dans la tête sans relâche. Environ une heure plus tard, un peu passé minuit, je viens juste de m'assoupir quand une sonnerie stridente me fait bondir... Je pense d'abord à mon cellulaire, mais non, il est éteint. C'est bien le téléphone de la maison qui sonne à cette heure indue.

Je n'ai pas le temps de répondre, j'entends déjà la voix grave de mon père répéter : « Allô ?

Allô ? » Je me lève et vais dans la chambre de mes parents.

— C'était qui ?

— Juste une erreur, répond mon père d'une voix ensommeillée. Un numéro inconnu.

J'insiste :

— Personne ne parlait ?

— Hum ?… Oui, oui, j'entendais quelque chose qui ressemblait à « Bêêêê »… Ce n'était pas clair. Rien d'important, ma grande. Allez, va dormir.

Mais je sais bien, moi, qu'il ne s'agit pas du tout d'une erreur. Facebook, c'était des broutilles pour s'amuser un peu. Ma vraie punition commence maintenant. Je regagne mon lit sans rien dire. Je me faufile sous les couvertures, si crispée que j'en ai mal partout. J'ai envie de vomir. J'ai la tête qui tourne.

Je sais que je ne dormirai pas de la nuit.

Chapitre 11

Pour la troisième nuit consécutive, un appel téléphonique nous a réveillés, mes parents et moi. Je suis fatiguée… Je fais comme Maude, je me couche avec le téléphone tout près de moi pour essayer de répondre la première. J'ai les yeux cernés, je suis d'une humeur massacrante, j'ai du mal à me concentrer à l'école… Je ne comprends pas comment fait Maude. Il faut dire qu'elle a l'air plutôt mal en point aussi… J'ai remarqué, même si je m'arrange pour la croiser le moins souvent possible. Je me surprends à espérer que si je ne lui parle pas et ne la regarde pas, tout va rentrer dans l'ordre… La gang a gagné. Je lui obéis… Je veux seulement que ça arrête. Je n'ai pas osé tout raconter à mes parents. Je ne sais pas quoi faire… En attendant de trouver, je croise les doigts et j'espère que

Sabrina et sa cour en auront bientôt assez. Ce n'est pas très efficace…

La première personne que je rencontre, à mon arrivée à l'école ce matin, n'a rien pour améliorer mon humeur… Antoine. Depuis le *party* de septembre, j'ai essayé de l'éviter autant que possible. Cette fois, pas moyen de faire semblant de ne pas le voir. Il m'attend, adossé à mon casier.

— Hé, Alex ! Comment vas-tu ? Je ne te vois presque plus… Je m'ennuie !

Je ne peux empêcher mon cœur de bondir. Il y a quelques mois, j'aurais tout donné pour entendre Antoine dire qu'il s'ennuie de moi… Encore aujourd'hui, je ne peux pas le nier, aucun garçon ne m'a jamais autant attirée. Mais on vit dans deux mondes différents. Et j'en ai plus qu'assez des histoires de la gang. Je ne leur ressemble en rien. Pour toute réponse, je me contente donc de garder la tête baissée. Il ne renonce pas et insiste d'une voix douce :

— Alexia ? C'est à toi que je parle…

Je relève la tête brusquement. À ma grande honte, des larmes de colère et d'épuisement me montent aussitôt aux yeux. J'aurais voulu paraître forte, solide et indifférente. J'échoue lamentablement. Je lui demande d'une voix aigre :

— Tu viens contempler les dégâts ?

Il a l'air surpris.

— Quoi ?!

— Tu veux voir à quoi on ressemble après trois nuits sans sommeil ? À ça.

Je croise les bras d'un air buté, m'attendant à ce qu'il s'éloigne devant ma mauvaise humeur et aille rapporter à la gang à quel point leur plan marche. Mais non. Antoine reste là, devant moi. Il pose ses mains sur mes épaules et me regarde droit dans les yeux :

— Alex, je ne comprends rien à ce que tu dis. Pourquoi tu n'aurais pas dormi depuis trois nuits ?

Soit c'est un comédien exceptionnel, soit il n'est pas du tout au courant... Il semble si sincère que j'ai envie de le croire. Mais j'ai aussi très peur de tomber dans le panneau, qu'Antoine soit juste en train de jouer un rôle et que moi, je sois encore une fois manipulée par Sab, Gab et compagnie. J'hésite, puis je finis par demander d'un ton dur :

— Tes grands amis ne t'ont rien raconté ? Tu ne fais pas partie de ceux qui prennent plaisir à passer des appels en pleine nuit ?

On dirait vraiment qu'il tombe des nues. Il répond gravement :

— Alex, je te jure que je ne sais rien. De quoi tu parles ?

Ma colère retombe. Et s'il disait la vérité… C'est le monde à l'envers. J'ai vécu cette situation il y a trois jours à peine, quand Maude m'accusait d'être au courant, et voilà que c'est à mon tour de tenir pour acquis qu'Antoine savait tout. Ma voix tremble quand je demande :

— Tu es sûr ? Tu n'as rien à voir là-dedans ?

J'ai l'impression qu'il est inquiet, à présent. J'essuie machinalement les larmes qui continuent de couler sur mes joues et je me décide. Je choisis de le croire. Après tout, je ne l'ai jamais vu participer activement aux mauvaises blagues de la gang. Jamais de commentaires plates sur Facebook, de remarques sournoises devant Maude. Il est peut-être réellement différent… Je lui raconte tout : ma discussion avec Maude, les remarques de Sabrina, les messages Facebook, les appels chez Maude en pleine nuit, puis chez moi maintenant…

Antoine semble complètement sonné.

— Ils ne peuvent quand même pas être derrière ça ! Je pensais qu'ils faisaient juste des blagues entre eux, je n'aurais jamais cru que ça allait si loin… Tu… tu es certaine que c'est eux ?

Il réagit exactement comme je l'ai fait quand Maude m'a présenté la situation.

— Chaque fois qu'il y a un appel, la personne au bout du fil fait « Bêêêê » avant de raccrocher…

Je vois mal qui d'autre pourrait appeler en pleine nuit pour dire « Bêêêê »…

Antoine secoue la tête, comme s'il n'arrivait pas à y croire. Je demande :

— Ils… ils ne t'ont parlé de rien ?

— Bien sûr que non, je te le dirais, Alex ! Ils me connaissent depuis la maternelle et ils savent que je n'embarque jamais dans ce genre de plan. Au fil des années, ils ont arrêté de m'en parler. On se tient ensemble, c'est vrai, mais je ne ferais jamais des appels de ce genre-là en pleine nuit…

J'ai tellement envie de le croire… Je réussis enfin à arrêter de pleurer. J'imagine l'air que je dois avoir… Antoine passe sa main sur ma joue humide et chuchote :

— Je n'ai rien à voir là-dedans, Alex, il faut que tu le saches… Je ne suis pas comme ça.

Mon souffle s'accélère. Le corps d'Antoine tout près du mien me fait complètement perdre la tête. Je suis prête à croire ce qu'il veut, en ce moment. Il dit encore, tout près de mon oreille :

— Et je le pensais quand j'ai dit que je m'ennuyais, Alex…

Puis, il m'embrasse sur chaque joue, lentement, très lentement. Mais quand il embrasse ma joue gauche, ses lèvres dévient un peu et effleurent les miennes. Comme s'il l'avait fait exprès. Mon cœur n'a jamais battu aussi vite…

Antoine m'enlace, me serre contre lui bien fort et, avant de s'éloigner, il déclare d'un air décidé :

— Ne t'en fais pas, je vais leur parler…

Je reste seule à mon casier. J'ai les jambes si molles que je dois m'adosser à la rangée de cases pour éviter de défaillir.

J'essaie de retrouver mon calme. Je n'arrive pas à chasser de mon esprit les images d'Antoine en train d'embrasser Mélissa. Je ne veux pas me faire d'idées. Notre baiser ne veut probablement rien dire pour lui. J'ai beau tenter de m'en convaincre, j'ai du mal. Une seule chose me paraît importante en ce moment : le souvenir des lèvres d'Antoine sur les miennes.

Pourvu qu'il ne se moque pas de moi, que ce ne soit pas une autre sorte de test… Pourvu qu'il ne soit pas venu me voir sur l'ordre de Sabrina pour se payer ma tête.

Chapitre 12

Ce matin, La Ruche porte bien son nom. Tout le monde est surexcité. Le 1er juin, c'est le départ de tous les élèves pour le voyage de fin d'année. Le stationnement regorge d'autocars et les groupes bourdonnent partout dans la cour comme des abeilles. Même s'il est très tôt, à peine six heures, une grande fébrilité règne dans l'air. Dans quelques minutes, nous partirons pour New York !

Je serai assise avec Sarah pour le voyage. Elle n'est pas encore arrivée. En l'attendant, je laisse mon regard errer sur les élèves. Je note qu'il y a quelques absents dans notre groupe… Sab, Gab, Zack, Josiane et Mélissa sont déjà arrivés, mais Blou ne sera pas du voyage. Il a perdu trop de points de comportement pendant l'année. Je vois avec plaisir Maude entrer dans la cour, un gros sac sur le dos. Elle a décidé de venir ! Je lui souris, contente qu'elle puisse profiter de cette occasion de découvrir New York.

Dans quelques semaines à peine, ce sera les vacances. L'ambiance de l'école ne me manquera pas cet été... Je dois avouer que ça s'est tout de même amélioré depuis quelques jours. Depuis le baiser d'Antoine, en fait. Il ne m'a plus embrassée depuis, mais j'ai senti son regard posé sur moi à plusieurs reprises en classe. Chaque fois que je tourne aussi les yeux vers lui, il m'adresse le plus beau des sourires. Mais nous ne nous sommes pas retrouvés seuls tous les deux, nous n'avons reparlé de rien. C'était peut-être accidentel, finalement. Il visait vraiment ma joue. Je me suis fait des idées. Ou alors il voulait véritablement m'embrasser, mais sans que ça signifie davantage. De toute façon, ce qui est le plus important, c'est que depuis cette scène, les appels en pleine nuit ont cessé chez moi. Je n'en ai plus reçu un seul. Je suis certaine que c'est grâce à lui, qu'il a parlé aux autres.

J'espère que ça s'est arrêté chez Maude aussi. Je n'ai pas osé le lui demander. J'aurais bien envie de savoir... Elle s'est assise sur un bout de trottoir, à l'écart, son sac à ses pieds. Je jette un regard vers la gang. Ils sont en grande discussion et personne ne me regarde. Après tout, c'est moi qui ai insisté pour que Maude fasse le voyage, la moindre des choses serait d'aller la saluer. J'hésite un long moment, sachant que ce serait gentil mais redoutant aussi les conséquences…

Je me décide enfin. J'en ai assez que Sab fasse la loi. Il reste à peine quelques jours de classe au retour du voyage et l'an prochain, Maude change d'école, toute cette histoire sera derrière nous. Il ne peut pas m'arriver grand-chose. Je m'avance vers Maude.

— Salut ! Tu as décidé de venir ?

Elle semble vraiment surprise que je lui adresse la parole en pleine cour d'école. Elle se lève et m'adresse un sourire reconnaissant.

— Oui. J'ai repensé à ce que tu disais… On n'a pas tous les jours la chance de visiter New York, après tout.

— Génial ! Je te souhaite un…

Ma phrase est interrompue par une voix moqueuse qui s'élève dans mon dos.

— Oh ! c'est trop chou !

Sans même me retourner, je reconnais Sabrina. Maude, qui me parlait tranquillement l'instant d'avant, se métamorphose devant moi. Ses épaules s'affaissent comme si elle avait peur, elle baisse la tête, recule même de quelques pas. Fière de son impact, Sabrina poursuit :

— Le retour de La Chèvre et de…

À son tour de se faire interrompre. Par une voix masculine qui me fait frissonner. Antoine coupe brusquement Sabrina :

— Sab, tu n'as pas autre chose à faire ?

Elle arrête de parler immédiatement, comme une petite fille prise en faute. Mais ses lèvres se plissent en une moue boudeuse et elle fronce les sourcils. Antoine continue :

— Il me semble qu'on en a parlé…

Elle s'éloigne. Ouf ! Pour le moment, on l'a échappé belle, mais je vois dans son regard furieux que tout n'est pas réglé pour autant. On ne perd rien pour attendre. J'ai vraiment peur pour Maude. Je n'en reviens pas de sa réaction quand Sabrina est arrivée ! La pauvre paraît à deux doigts de craquer. Je n'ai aucun mal à la comprendre : j'ai subi les pressions de la gang quelques jours à peine et j'étais tout à l'envers. Elle a droit à ce traitement depuis trois ans…

— Désolé, dit Antoine aussitôt que Sabrina a rejoint sa cour. On a eu une grosse discussion, toute la gang, et je pensais que les choses étaient réglées…

Je le rassure.

— C'est vraiment moins pire de mon côté, en tout cas. Je n'ai plus reçu d'appels après t'avoir parlé.

— Et toi, Maude ?

Maude sursaute en entendant la question d'Antoine. Parce qu'elle ne pensait pas qu'il était au courant de la situation ? Parce qu'elle ne pensait pas qu'il pouvait lui parler gentiment ? Quoi qu'il en soit, elle redresse un peu les épaules et répond d'une voix timide qu'elle n'arrive pas à empêcher de chevroter :

— Depuis une semaine, j'en ai eu deux ou trois en tout. C'est beaucoup moins que d'habitude. Normalement, c'était deux ou trois chaque nuit…

Encore une fois, les cernes profonds qui marquent son visage me sautent aux yeux. Il est temps que l'année finisse… Maude est épuisée et tendue comme un arc. Un silence embarrassé s'installe entre nous trois. Je vois avec soulagement Sarah arriver dans la cour de l'école.

— Je dois y aller. Merci, Antoine.

Il pose sa main sur mon dos, quelques secondes à peine. C'est suffisant pour que j'en aie la chair de poule… Un bref instant, je me prends à espérer qu'il se penche et m'embrasse de nouveau. Mais il me dit simplement « Bon voyage, Alex » avant de s'éloigner.

Je me précipite vers Sarah, souriante, la tête légère. Antoine a pris ma défense, et celle de Maude. Il ne peut quand même pas jouer la comédie à ce point. Sa discussion avec Sab n'est sûrement pas une mise en scène.

Je suis heureuse.

Ce voyage promet d'être merveilleux.

Chapitre 13

Quel voyage génial! Je n'avais jamais vu New York et j'ai déjà la tête pleine de souvenirs... J'y reviendrai, c'est sûr! Les journées filent à une vitesse folle! Soirée de magasinage à Time Square, où il y a plein de boutiques qui n'existent pas chez moi, promenade en bateau jusqu'à la statue de la Liberté, longue marche dans Central Park, avec une pause à la mosaïque Imagine et une visite chez FAO Schwarz en quittant le parc, une visite du Musée d'histoire naturelle avec ses multiples dinosaures, sans oublier les traditionnels hot dogs mangés debout, dans la rue... tout est parfait! J'ai si souvent vu des images de New York à la télévision que j'ai du mal à croire que j'y suis vraiment! Et je ne parle pas des mille photos que nous avons prises, Amélie, Sarah et moi, au musée de cire de Madame Tussaud ! J'exagère à peine… Des heures de fous rires à explorer tous les étages de ce musée ! J'y suis photographiée avec les Beatles, Johnny Depp en pirate des Caraïbes, Hulk, Charlie Chaplin, Barack Obama, Lady Gaga, etc., etc. ! Ils sont si vrais qu'on croirait qu'ils vont bouger ! Je m'amuse tant que j'en oublie presque tout le reste…

Seule ombre au tableau dans tout le voyage : même s'il n'y a rien eu de mon côté, que je commence à croire que la situation est bien réglée entre la gang et moi, j'ai vu Sabrina s'approcher de Maude à quelques reprises, quand elle croyait que personne ne la regardait, et lui chuchoter malicieusement quelque chose à l'oreille. Je ne sais pas de quoi il s'agit, évidemment, mais à voir comment Maude se crispe, je dirais que ce n'est rien de très agréable. Quand je pense que j'admirais tant Sabrina, que je la trouvais si belle que je l'enviais… Aujourd'hui, je ne vois plus que ses sourires hypocrites, ses regards méchants, son envie de blesser.

Nous faisons notre entrée dans la salle où est présentée la comédie musicale *Le Fantôme de l'Opéra*. Superbe ! De gros rideaux de velours rouges, une déco qu'on dirait sortie droit d'un roman, une ambiance feutrée… J'adore !

— J'ai tellement hâte de voir ce spectacle, me glisse Amélie, assise à côté de moi.

— Je suis certaine que, dès les premières notes, j'aurai des frissons…, ajoute Sarah, entonnant les célèbres « Taaam, tam tam tam tam tam » qui marquent le début du *Fantôme*.

Amélie la taquine :

— J'espère que ce sera quand même un peu mieux que ça…

Nous éclatons de rire toutes les trois. Je m'entends vraiment bien avec Sarah et Amélie. Je me surprends à penser à notre quatrième secondaire de façon positive pour la première fois depuis longtemps. C'est triste à dire, mais le fait que Maude ne soit plus là l'an prochain devrait changer beaucoup l'ambiance. Ce sera moins lourd. J'aurai moins peur de la gang. En plus, j'ai l'impression de pouvoir être réellement moi-même avec Amélie et Sarah, je ne suis pas tenue de toujours jouer un rôle. Avec elles, je peux porter mes vêtements préférés au lieu de ne choisir que des marques, et je sais qu'aucune ne se moquera de moi… Je ne me suis pas sentie aussi bien de toute l'année… Sans parler d'Antoine. À trois ou quatre reprises, pendant le voyage, il s'est approché de moi, il a posé sa main sur mon dos et m'a passé des commentaires sur New York. Rien d'important ou de très intime, mais on dirait qu'une nouvelle complicité s'installe entre nous. Complicité qui me fait aussi espérer que bien des choses pourraient changer l'an prochain… Je ne peux m'empêcher de revoir régulièrement le baiser furtif échangé entre les casiers. Antoine me fait craquer.

Une main sur mon épaule met brusquement fin à mes rêveries. Confortablement calée dans mon siège, à quelques rangées de la scène, je me retourne vers l'allée, m'attendant à voir Antoine… mais c'est malheureusement Sabrina que je découvre, debout près de mon fauteuil. Elle se penche vers moi, ses longs cheveux blonds effleurant mon épaule. Instantanément, mon corps devient tout tendu. Elle s'approche de mon oreille le plus possible, afin que personne n'entende, puis elle me chuchote :

— Tu te penses en sécurité parce que tu t'es trouvé un chevalier servant ? T'as rien vu encore… Attends-toi au pire.

Elle s'éloigne. La menace est on ne peut plus claire…

— Ça va ? demande Amélie en voyant mon air bouleversé. Qu'est-ce qu'elle voulait ?

Je n'arrive pas à répondre. Je me contente de hausser les épaules, comme si ce n'était rien d'important… La lumière s'éteint et les premières notes du *Fantôme de l'Opéra* résonnent dans la magnifique salle. Le rideau s'ouvre. Je me rends compte que je frissonne. Je ne peux arrêter mon corps de trembler.

Chapitre 14

Les bagages sont rangés dans les deux auto-bus, les élèves ont quitté leur chambre, nous sommes prêts à prendre le chemin du retour. Je m'assois derrière, avec Amélie. Sarah prend place sur le banc d'à côté. La route sera assez longue, mais nous avons prévu des jeux de car-tes, de la musique, des livres pour passer le temps. C'est ce que nous avions fait aussi au dé-part, mais nous étions tellement excitées que nous avons finalement jasé pendant presque tout le trajet !

Maude entre à son tour dans l'autobus. Elle ne regarde personne, gardant les yeux baissés. J'espère qu'elle a pu profiter un peu du voyage malgré l'attitude de Sabrina. Les épaules voû-tées, les traits tirés, Maude s'assoit seule, sur le premier banc derrière le chauffeur, comme à l'aller. Son siège est loin du mien, mais je me promets de lui demander, à notre arrivée à l'école, comment elle a trouvé New York.

À ma grande surprise – et à mon grand plaisir ! –, quand Antoine monte dans le bus, il s'avance aussitôt vers moi et prend le banc juste devant le mien. Zack s'assoit avec lui.

— Vous avez aimé le voyage, les filles ? nous demande Antoine.

— Génial ! répond Amélie.

Pour ma part, je souris d'un air ravi en cherchant désespérément quelque chose d'intéressant à dire. Antoine me fait bien trop d'effet : je me sens toujours maladroite quand il est là. Mon sourire ravi disparaît quand je vois Gabriel et Sabrina s'installer sur le dernier siège de l'autobus, juste derrière moi. Ce n'est pas une grande surprise : on dirait qu'il existe une loi non écrite : cette place est toujours réservée aux plus populaires de l'école ! Comme d'habitude, Sabrina se hâte d'attirer l'attention en racontant quelques anecdotes de sa voix haut perchée. Elle parle avec Zack et Antoine, devant moi, comme s'il n'y avait personne entre eux, comme si je n'existais pas.

C'est l'heure, nous quittons New York. Tout le monde est assis, l'autobus démarre. La frénésie du départ a fait place à une certaine fatigue après des heures de marche et des journées bien remplies. L'ambiance est plus calme qu'à l'aller. La plupart discutent tranquillement ou, la tête penchée sur leur iPod ou leur appareil photo, regardent les photos prises pendant le voyage. C'est drôle de voir combien l'autobus est coloré : plus de la moitié des élèves portent des t-shirts, des casquettes ou des chandails à capuchon aux couleurs vives indiquant « *I love New York* », sans parler des lunettes fumées et des tuques que plusieurs ont posées sur leur tête.

On roule depuis un bon moment quand Sabrina lance d'une voix forte à Zack et Antoine :

— J'arrive pas à y croire… C'est un nouveau record ! L'avez-vous vue ? Regardez-lui la tête !

Personne ne réagit. Surtout pas moi. Je comprends trop bien de qui il est question. Les autres également, je pense, mais personne n'a envie de jouer le jeu. Sabrina ne se laisse pas décourager pour autant. Elle continue :

— Regardez La Chèvre ! Elle n'a jamais eu les cheveux aussi gras, c'est dégoûtant !

Zack pouffe de rire, Antoine se contente de pousser un long soupir. Sabrina ne renonce toujours pas. Je me retourne pour lui lancer un regard furieux. Elle feint de ne pas me voir. Bien décidée à obliger sa cour à se moquer de sa victime préférée, elle tend son iPod *touch* à Gabriel, qui est assis à ses côtés, et elle lui dit d'un ton autoritaire :

— Je veux une photo, Gab. Il faut mettre ça sur Facebook ! Tout le monde va capoter !

Gabriel ne semble pas trop enthousiaste. Il n'a visiblement pas envie de remplir cette mission, mais je sais qu'il ne peut rien refuser à Sabrina. Il grommelle quelque chose que je ne comprends pas. Antoine dit :

— Laisse-la tranquille un peu, Sab…

Elle lui jette un regard assassin.

— Arrête de me dire quoi faire, le chevalier. Faudrait pas exagérer. Gab, j'ai dit que je voulais une photo. Tu la prends en gros plan, ou tu poses juste ses cheveux, je m'en fous.

Gabriel ne paraît pas très à l'aise mais, comme je le redoutais, soucieux de ne pas déplaire à sa douce, il finit par se lever et prendre le iPod. Sabrina précise :

— Dis-lui bien que c'est moi qui t'envoie et que la photo ira sur Facebook.

Un sourire cruel retrousse ses lèvres. Soudain, ça me frappe : Sabrina doit être profondément malheureuse… Ça ne justifie pas du tout ce qu'elle fait, mais je crois qu'elle ne sait tellement pas où trouver le bonheur qu'elle pense que l'enlever aux autres la rendra plus heureuse. Je repense à l'histoire que m'a racontée ma mère, à Sylvie qui n'avait plus envie de vivre. Je revois les traits tirés de Maude, son corps tendu… J'ai peur pour elle. Tant pis pour les conséquences, je ne peux retenir mes paroles et ma voix tremble un peu quand je déclare :

— Ça va trop loin… Elle va finir par craquer…

Le sourire de Sabrina s'élargit, comme si l'idée lui plaisait. Devant moi, Antoine se lève. Dans un geste maintenant familier, il pose sa main toute chaude sur mon dos et il me dit doucement :

— Je m'en occupe, Alex. Je vais parler à Gab.

Je suis un peu rassurée. Sabrina est sans conteste la reine de La Ruche, mais je sais que tous respectent Antoine. Gabriel l'écoutera peut-être. Sabrina proteste vivement, mais Antoine ne s'occupe pas d'elle. Il s'avance dans l'allée de l'autobus, il n'est qu'à quelques pas de Gabriel. Puis, Gab s'arrête devant Maude. Elle reste assise, regardant obstinément devant elle, la tête rentrée dans les épaules. Je n'entends pas les paroles que lui adresse Gab, évidemment, je suis trop loin, mais au moment même où Antoine met la main sur l'épaule de son ami pour l'empêcher d'aller plus loin, à l'instant où Gabriel se penche vers Maude en lui montrant le iPod, tout bascule.

C'est là que le drame éclate… que l'impensable se produit.

Maude, qui n'a jamais répliqué à qui que ce soit, qui n'a jamais réagi ni répondu aux pires insultes, Maude craque.

Elle pousse un hurlement terrible. Un cri, un seul, un cri de bête blessée qui contient toute la douleur du monde. Qui dit clairement : « Ça suffit, je n'en peux plus. » Un cri qui exige la paix, qui réclame qu'on la laisse tranquille. Un cri comme je n'en ai jamais entendu de toute ma vie, qui vient de très loin, qui déchire tout sur son passage, qui fait mal.

Le chauffeur, assis juste devant Maude, sursaute en entendant ce terrible cri. L'espace de quelques secondes, quelques minuscules et malheureuses secondes, il perd le contrôle de l'autobus, qui heurte de plein fouet un camion qui venait rapidement en sens inverse.

Tout est confus. Autour de moi, c'est la panique, ça hurle, j'ai tout juste le temps de me rendre compte que l'autobus s'est mis à faire des tonneaux avant que ma tête heurte durement la vitre et que je sombre dans l'inconscience.

Épilogue

Je m'oblige à revenir à la réalité, dans cette église où l'école en entier est réunie. La cérémonie achève. Loin de se calmer, les pleurs ont redoublé autour de moi. J'ai l'étrange impression de flotter au-dessus de la foule, de ne pas être entièrement là. Je n'ai qu'une envie : rentrer chez moi, me terrer dans ma chambre et pleurer toutes les larmes de mon corps. Comment allons-nous pouvoir finir l'année après ce drame ? Faire les examens comme si de rien n'était ? Comment allons-nous continuer à vivre comme si tout était normal ?

Malgré mes efforts, mon esprit revient sans cesse vers la terrible scène vécue il y a quelques jours à peine. Rien à faire. Ces images m'obsèdent. Quelques jours... on dirait que des siècles ont passé, pourtant. Que j'ai vieilli de cinquante ans et que je ne serai plus jamais la même. Plus je tente d'éloigner les images, plus elles s'imposent. Elles sont là, tout le temps, à toute heure du jour ou de la nuit, peu importe ce que je suis en train de faire. J'imagine que je m'habituerai, un peu peut-être. Mais je sais qu'elles resteront gravées en moi à jamais.

Je replonge, une fois de plus...

Le retour de New York, l'autobus, les gars dans l'allée, Maude qui craque... Le dernier souvenir que j'ai, avant de m'évanouir, c'est ce cri terrible poussé par Maude. C'est la dernière chose que j'ai entendue. Il me hante toujours. J'ai l'impression de l'entendre sans arrêt.

Quand j'ai repris conscience, c'était l'horreur autour de moi. Il y avait du sang, des pleurs, des élèves en état de panique, de la vitre cassée partout, des ambulances... Certains ne pouvaient plus s'arrêter de hurler. Le genre de scène qu'on voit dans les films, mais on ne peut pas croire que ça existe réellement...

Je n'ai pas su tout de suite ce qui s'était passé. J'entendais crier qu'il y avait des morts. Des morts... Il a fallu un bon moment avant qu'on apprenne qui n'avait pas survécu à l'accident. Encore aujourd'hui, ça me semble totalement irréel. Comme si, d'un instant à l'autre, j'allais me réveiller de ce cauchemar.

Ces derniers jours, les journaux ont parlé de l'accident, évidemment, ce monstrueux accident qui a coûté la vie à deux jeunes de troisième secondaire. Ils ont simplement écrit que le chauffeur avait été victime d'une distraction. Aucun n'a parlé du cri de Maude, de l'intimidation qui a conduit à ce cri, qui a mené à la perte de contrôle. Personne n'en a parlé. Moi, j'aurais dû le faire.

Je n'arrête pas de penser à ce qui aurait été différent si Sabrina n'avait pas obligé Gabriel à aller voir Maude. Si je n'avais pas incité Antoine à rattraper Gabriel. Si j'avais été plus près de Maude depuis des mois, depuis les trois dernières années, en fait, pour lui éviter de pousser ce sinistre cri… Les « si » se bousculent dans ma tête, sans rien changer à la situation. Il est trop tard. Plus personne n'y peut rien.

Mon regard revient vers les deux cercueils placés à l'avant de l'église. Pauvre Maude… Même dans la mort, elle aura été éclipsée par un élève plus populaire… Car je sais bien que la plupart des étudiants qui sont ici ne pleurent pas Maude, qu'ils ne connaissaient pas, pour la plupart, ou dont ils se moquaient, pour les autres.

Amélie, Félicia et Sarah, assises sur le banc derrière moi, se penchent régulièrement pour m'étreindre l'épaule. Elles sont gentilles. De vraies bonnes amies… J'ai une pensée pour Sabrina, que tout le monde craint, mais qui, au bout du compte, a bien peu d'amis… Elle n'est pas ici aujourd'hui. On m'a dit qu'elle souffrait d'un violent choc nerveux. On l'a gardée à l'hôpital un moment, elle est maintenant au repos, chez elle. Blou m'a confié qu'elle était trop fragile pour assister à la cérémonie. Les « si » doivent se bousculer dans sa tête, à elle aussi.

Ma mère me prend de nouveau la main. Elle chuchote :

— Arrête de t'en vouloir, Alexia. Ce n'est pas ta faute. Tu étais l'une des seules à lui parler… Ce n'est pas comme Sylvie. Tu ne lui as pas enlevé le goût de vivre…

Je n'ai pas envie de répondre. Je ne le lui ai peut-être pas enlevé, mais je n'ai pas beaucoup contribué à le lui donner non plus…

Tous les remords du monde n'y changeront rien, maintenant. Maude ne reviendra pas. Et je ne sais pas comment je ferai pour continuer, pour arrêter de m'en vouloir.

Mon oncle Steve m'a toujours dit que je devrais écrire. Je le ferai.

J'écrirai.

En mémoire de Gabriel, dit Gab, à qui ça n'a servi à rien d'être si populaire. Quand l'autobus a basculé, il était debout dans l'allée et n'a eu aucune chance. On m'a raconté qu'il était mort très rapidement et n'avait pas trop souffert.

En mémoire de Maude, qui n'avait pas de surnom affectueux, parce qu'elle n'a jamais eu d'amis assez proches pour lui en donner un. Maude, qui n'aura connu que les surnoms moqueurs. Qui est morte dans cet accident mais qui s'éteignait à petit feu depuis son entrée au secondaire. J'écrirai pour raconter son histoire, pour qu'il y ait moins d'autres Maude, pas seulement à La Ruche, mais dans toutes les écoles.

J'écrirai.

Pour Antoine aussi, qui était debout au moment de l'accident, mais dont Gabriel a amorti la chute. Antoine que je n'ai pas revu encore, qui est et restera longtemps à l'hôpital. Il est trop tôt pour savoir s'il pourra marcher de nouveau un jour. Il aura peut-être besoin de mon oncle. Steve sera là. Et moi aussi. J'attendrai Antoine et j'espère pouvoir l'aider.

J'écrirai pour nous tous, élèves de troisième secondaire de La Ruche, pour que personne n'oublie. Parce que je n'ai pas su parler, bien avant, bien plus tôt, je raconterai tout. Absolument tout.

J'aurais dû parler, je n'ai pas su le faire. J'écrirai. Je raconterai ce cri. Le seul cri de Maude.

Si tu es témoin ou victime d'intimidation, n'hésite pas à te référer à l'un des organismes suivants. Ils sauront te guider vers une solution.

TEL-JEUNES
www.teljeunes.com
Sans frais (en tout temps) : 1 800 263-2266

JEUNESSE, J'ÉCOUTE
www.jeunessejecoute.ca
Sans frais (en tout temps) : 1 800 668-6868

D'AUTRES TITRES
DE MARTINE LATULIPPE

À fleur de peau
MARIE-PIERRE 1

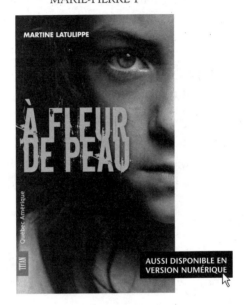

AUSSI DISPONIBLE EN
VERSION NUMÉRIQUE

Depuis quelque temps, la vie de Marie-Pierre semble tourner au cauchemar. Les appels anonymes se multiplient, des objets personnels disparaissent mystérieusement autour d'elle… Se pourrait-il que quelqu'un lui veuille du mal ou serait-ce plutôt le fruit de son imagination? À qui peut-elle faire confiance?

Un lourd silence
MARIE-PIERRE 2

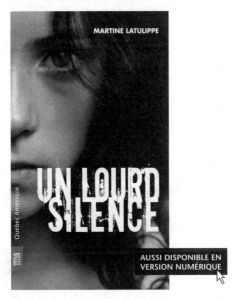

Des photos tordues, des appels menaçants, et voilà Marie-Pierre, Loulou et David pris au centre d'un enfer sans nom. Dénoncer ou pas ? Pas facile de trancher quand on joue avec la vie des autres. Surtout quand il s'agit de la vie d'enfants…

Le Grand Vertige

Selon Cassandre, la vie est trop courte pour que l'on se contente de petites émotions. Tombé sous son charme, Éloi apprend à ses dépens qu'il peut être périlleux de marcher sur un fil de fer.

Les Secrets du manoir

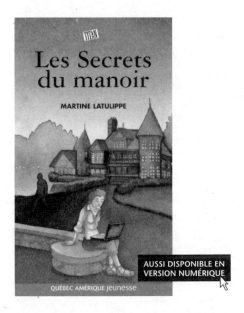

Les événements étranges se multiplient au vieux manoir. Sensations fortes, romantiques et frissonnantes sont au rendez-vous.

De la même auteure

Jeunesse

Émile en vacances, La Bagnole, 2014.

SÉRIE L'ALPHABET SUR MILLE PATTES
15 titres parmi lesquels:
Comme des poissons dans l'eau, éditions FouLire, 2015.
Monsieur Jeannot joue au héros, éditions FouLire, 2015.
Que la fête commence!, éditions FouLire, 2014.
Ce soir, on danse!, éditions FouLire, 2014.

SÉRIE ÉMILIE-ROSE
La crème glacée, Malala, la souris et moi, éditions FouLire, 2015.
Le camp, Patch, la chèvre et moi, éditions FouLire, 2014.
Les clés, Terry, un chien et moi, éditions FouLire, 2013.
Le voisin, Rosa, les poissons et moi, éditions FouLire, 2012.

SÉRIE MARIE-P
9 titres parmi lesquels:
Attache ta tuque, Marie-P, éditions FouLire, 2014.
À l'aide, Marie-P!, éditions FouLire, 2013.

SÉRIE MÉLINA ET CHLOÉ
Ce qui est arrivé quand un drôle de voleur est passé chez Mélina et Chloé,
     collection Klaxon, La Bagnole, 2013.
Ce qui peut arriver quand Mélina et Chloé se font garder, collection
     Klaxon, La Bagnole, 2011.
Ce qui arriva à Chloé et Mélina un jeudi après-midi, collection Klaxon,
     La Bagnole, 2009.

SÉRIE LORIAN LOUBIER
6 titres parmi lesquels:
Lorian Loubier, Vive les mariés!, roman bleu, Dominique et compagnie, 2008.
Lorian Loubier, détective privé, roman bleu, Dominique et compagnie, 2006.

SÉRIE MOUK LE MONSTRE
5 titres parmi lesquels:
Mouk mène le bal!, série La Joyeuse maison hantée, éditions FouLire, 2008.
Mouk, Un record monstre, série La Joyeuse maison hantée,
     éditions FouLire, 2007.

Adulte

Crimes à la librairie, collectif, éditions Druide, 2014.
Les faits divers n'existent pas, éditions Druide, 2013.

Photo: © Julie Beauchemin

MARTINE LATULIPPE

Martine Latulippe est l'auteure de plus de soixante romans et cumule les prix et les honneurs. Elle s'adresse aussi bien aux tout-petits qu'aux adolescents avec des histoires d'amour ou d'action; des récits intenses et dramatiques ou débordants d'imagination. Au fil de nombreuses animations, elle rencontre ses lecteurs aux quatre coins du pays. Chez Québec Amérique, en plus de ses suspenses pour ados et de son album pour les plus jeunes, sa populaire série *Julie* permet de découvrir les légendes québécoises en compagnie d'une Julie curieuse.

Fiches d'exploitation pédagogique

Vous pouvez vous les procurer sur notre site Internet à la section jeunesse/matériel pédagogique.

quebec-amerique.com

MARQUIS

Québec, Canada